Contents

곰곰곰 베어 10

저자 쿠마나노
일러스트 029
옮긴이 김보라

스킬

▶이세계 언어
이세계의 언어가 일본어로 들린다.
이야기를 하면 이세계의 언어로 상대방에게 전달된다.

▶이세계 문자
이세계의 문자를 읽을 수 있다.
글자를 쓰면 이세계 문자가 된다.

▶곰의 이차원 박스
흰 곰의 입은 무한으로 벌어지는 공간이다.
어떤 물건이라도 넣을(먹을) 수 있다.
단, 살아 있는 것을 넣는(먹는) 건 안 됨.
들어가 있는 동안에는 시간이 멈춘다.
이차원 박스에 넣은 물건은 언제든 꺼낼 수 있다.

▶곰 관찰경
흑백 곰 옷의 후드에 있는 곰의 눈을 통해 무기와 도구의 효과를 볼 수 있다.
후드를 쓰지 않으면 효과는 발동되지 않는다.

▶곰 탐지
곰의 야생의 힘으로 마물이나 사람을 탐지할 수 있다.

▶곰 지도 ver.2.0
곰의 눈이 본 장소를 지도로 만들 수 있다.

▶곰 소환수
곰 장갑에서 곰이 소환된다.
검은 곰 장갑에서는 검은 곰이 소환된다.
흰 곰 장갑에서는 흰 곰이 소환된다.
소환수 꼬맹이화 : 소환수인 곰을 꼬맹이화 할 수 있다.

▶곰 이동문
문을 설치하여 서로의 문을 왔다 갔다 할 수 있게 된다.
3개 이상의 문을 설치할 경우는 행선지를 상상하는 것으로 이동할 곳을 정할 수 있다.
이 문은 곰 장갑을 사용하지 않으면 열리지 않는다.

▶곰 폰
먼 곳에 있는 사람과 대화할 수 있다.
곰 폰을 만든 후, 술자가 없앨 때까지 존재한다. 물리적으로 망가뜨릴 수 없다.
곰 폰을 건넨 상대를 상상하면 연결된다.
곰의 울음소리로 착신을 알린다. 소지자가 마력을 보내는 것으로 껐다 켤 수 있게 되어 통화가 가능하다.

▶곰 수상 보행
물 위를 이동하는 것이 가능해진다.
소환수는 물 위를 이동하는 것이 가능해진다.

마법

▶곰 라이트
곰 장갑에 모은 마력으로 곰 형태의 빛을 생성한다.

▶곰 신체 강화
곰 장비에 마력을 보내는 것으로 신체강화를 실시할 수 있다.

▶곰 불 속성 마법
곰 장갑에 모은 마력으로 불 속성의 마법을 사용할 수 있다.
위력은 마력, 상상에 비례한다.
곰을 상상하면 위력이 더욱 올라간다.

▶곰 물 속성 마법
곰 장갑에 모은 마력으로 물 속성의 마법을 사용할 수 있다.
위력은 마력, 상상에 비례한다.
곰을 상상하면 위력이 더욱 올라간다.

▶곰 바람 속성 마법
곰 장갑에 모은 마력으로 바람 속성의 마법을 사용할 수 있다.
위력은 마력, 상상에 비례한다.
곰을 상상하면 위력이 더욱 올라간다.

▶곰 땅 속성 마법
곰 장갑에 모은 마력으로 땅 속성의 마법을 사용할 수 있다.
위력은 마력, 상상에 비례한다.
곰을 상상하면 위력이 더욱 올라간다.

▶곰 전격 마법
곰 장갑에 모은 마력으로 전격 마법을 사용할 수 있게 된다.
위력은 마력, 상상에 비례한다.
곰을 상상하면 위력이 더욱 올라간다.

▶곰 치유 마법
곰의 상냥한 마음에 의해 치료가 가능해진다.

▶ 유나'S STATUS_

이름 : 유나
연령 : 15세
성별 : 여자

CHARACTERS_

엘프 마을

사냐
왕도의 모험가 길드의 길드 마스터이다. 엘프 여성으로 유나는 모험가와의 트러블 등으로 신세를 지고 있다. 루이밍의 이야기를 듣고 엘프 마을로의 귀경을 결의한다.

무무르트
루이밍과 사냐의 할아버지. 엘프 마을의 장로를 맡고 있다.

아르투르
사냐와 루이밍의 아버지. 외관으론 20대 초반 정도의 슬림한 남자 엘프.

탈리아
루이밍과 사냐의 어머니. 겉보기엔 두 딸의 언니라고 해도 이상하지 않다.

루이밍
왕도의 곰 하우스 앞에서 쓰러져 있던 엘프 소녀. 언니인 사냐에게 엘프 마을의 위기를 알리기 위해 엘프 마을에서 왕도로 떠나왔다.

루카
루이밍과 사냐의 남동생. 8살. 사냐는 루카가 태어난 것도 알지 못했다.

베나
루이밍과 사냐의 할머니. 무무르트의 부인. 묘령의 여성 엘프

라비라타
엘프의 숲을 지키는 임무를 맡고 있는 엘프 청년. 핸섬한 엘프.

크리모니아

피나
유나가 이 세계에서 처음으로 만난 소녀, 10살. 유나가 어머니를 구해 준 인연으로 유나가 무찌른 마물의 해체를 맡고 있다. 유나에게 여기저기 이끌려 다닌다.

티루미나
피나의 어머니. 병에 걸린 것을 유나가 도와줬다. 그 후 겐츠와 재혼. 『곰 씨 식당』과 『곰 씨 쉼터』의 경리 등을 유나에게 위임받았다.

슈리
피나의 여동생, 7살. 모친인 티루미나를 따라 『곰 씨 쉼터』 등에서도 일을 돕는 매우 씩씩한 여자 아이. 곰 님을 좋아한다.

모린
왕도에서 남편이 남긴 빵집이 넘겨질 위기에 유나에게 도움을 받는다. 그 후, 딸인 카린과 함께 『곰 씨 쉼터』에서 빵을 만들게 된다.

안즈
미릴라 마을 숙소의 딸. 유나에게 그 요리 솜씨를 인정받아 크리모니아로. 『곰 씨 식당』을 맡고 있다.

왕도

엘레로라 포슈로제
크리모니아 영주 부인. 35살. 평소에는 국왕 폐하의 밑에서 일하고 왕도에서 살고 있다. 여러모로 발이 넓고 유나를 여러 방면으로 도와주지만 조금 고집이 세다.

젤레프
왕궁 요리장. 유나의 다양한 요리에 감명을 받아 유나에게 레시피를 전수 받았다. 왕도에 유나의 레시피를 사용하는 음식점을 오픈하려고 계획 중이다.

플로라 공주
엘파니카 왕국의 왕녀. 유나를 「곰 님」이라 부르며 좋아한다. 그림책을 선물 받는 등 유나가 마음에 들어 한다.

235 곰 씨, 엘프 마을을 향해 출발하다

랄즈 마을을 뒤로 한 나와 사냐 씨와 루이밍은 곰돌이와 곰순이를 타고 엘프 마을로 향했다.

루이밍은 팔찌를 되찾은 후로 미소가 늘었다. 뭐, 이것도 지금의 미소를 보고 알게 되었다. 아마도 지금껏 무리해서 웃고 있었던 거겠지.

"곧 도착이네요."

루이밍이 곰돌이를 타고 가면서 말했다.

"정말이네. 이렇게 빨리 도착할 줄은 몰랐어."

사냐 씨의 반응을 보면 오늘 중에는 도착할 것 같았다.

곰돌이와 곰순이가 달리고 있는 방향 앞쪽으로 넓게 우거진 숲이 보였다. 저 웅장한 숲 깊숙한 곳에 엘프들이 사는 마을이 있다고 한다.

곰 지도 스킬이 없었다면 이 넓은 숲에서 틀림없이 미아가 됐겠지.

뭐, 길을 잃게 되면 나무 위라도 올라가서 확인하면 되니까 상관없지만…….

그만큼 넓고 우거진 숲이다.

곰돌이와 곰순이가 숲 입구에 도착했다.

길 같은 것은 보이지 않았다.

「설마, 이 나무로 무성한 곳을 지나가게 되는 건가?」라고 생각하며 불안해하고 있는데…….

"이 앞에 지나다닐 수 있는 길이 있어."

사냐 씨의 말을 듣고 조금 걷자 마차 한 대가 지나갈 수 있는 넓이의 길이 나왔다.

그 길을 곰돌이와 곰순이가 나란히 걸었다.

나무는 무성했지만 나무들 사이로 스며드는 빛이 있어서 너무 어둡진 않았다.

이 앞에 엘프들이 사는 곳이 있다고 생각하니 기대가 된다. 재밌는 일과 맛있는 음식들이 있으면 좋을 텐데…….

"정말, 오랜만이야."

"10년이라고 했나요?"

나는 물었다.

"기억이 잘 안 나. 엘프는 그런 거에 신경을 안 쓰니까. 나로서는 시간이 그렇게 지났다고 느껴지지 않는 걸."

엘프의 감각이라면 짧은 건지도 모르지만 내 입장에서는 긴 세월이다.

"틀림없이 10년이에요."

"딱 잘라 말하다니……."

"마을로 돌아가면 알 거예요."

루이밍은 단언을 하고 그 이상은 알려주지 않았다.

곰돌이와 곰순이가 달렸다. 도중에 작은 강이 있었지만 다리가 잘 놓아져 있었기 때문에 곰돌이와 곰순이의 수상 보행 스킬이 발동되는 일은 없었다.

다리를 다 건넌 순간 위화감이 느껴졌다.

몸 전체가 얇은 막과 같은 마력에 닿는 느낌이었다.

내가 그 감각의 정체를 찾기 위해 이리저리 주위를 둘러보고 있자 사냐 씨가 말을 걸어왔다.

"설마, 뭔가 느낀 거야?"

"다리를 건넜을 때 몸 전체에 이상한 마력 같은 걸 느꼈거든요."

느낀 그대로 대답했다.

설명이 어렵다.

애초에 마력의 막이라는 게 뭔지 모르겠다.

"유나는 민감하구나. 아마 결계 안으로 들어올 때의 느낌이야."

"결계요?"

"보통은 결계 안으로 들어서는 걸 알아차리는 일은 없지만 말이지. 알아차릴 수 있는 건 이 결계를 만든 우리들 정도이지 않을까?"

"으~ 나는 눈치 못 챘는데."

아무래도 엘프인 루이밍도 알아차리지 못한 모양이다.

"어째서 유나 씨는 아신 거예요?"

예상되는 건 곰 장비. 그 덕분에 느낄 수 있었겠지. 벗는다면 아마도 느낄 수 없을 거다.

"결계는 제대로 발동되고 있는 모양이네."

"하지만 가끔 마물이 들어오는 걸. 할아버지가 말씀하시길, 결계가 약해지고 있는 게 아니냐고 하셨어."

"나는 잘 모르지만 할아버지가 말씀하셨다면 그럴 수도 있겠는데?"

"할아버지가 마을의 촌장이라고 했죠?"

"그래, 할아버지는 친절하신 분이니까 유나도 반갑게 맞아주실 거야."

결계 안으로 들어선 후에도 곰돌이와 곰순이는 길을 따라 나아갔다.

길은 마차 한 대 정도의 폭 밖에 되지 않았으나 앞을 향해 분명하게 뻗어 있었다.

아직, 도착하려면 멀었나?

강을 건너고 꽤 왔다고 생각했는데 여전히 도착하지 않는다.

곰돌이와 곰순이가 달린다면 금방 도착할지도 모르지만, 숲 속에 있는 동물들을 놀라게 하지 말아달라는 사나 씨의 부탁에 천천히 걸어갔다.

나는 곰 탐지 스킬을 이용해서 근처에 엘프 마을이 없는지 확인했다. 근처라면 사람의 반응이라도 있을 거다.

어라, 뭐지?

탐지 스킬에는 우리 주변에 네 명의 사람이 있다고 표시되어 있었다.

좌우로 두 명씩이다.

반응은 우리의 이동에 맞춰서 움직이고 있었다.

설마, 미행당하고 있는 건가?

반응이 있는 쪽을 바라봤지만 숨어있는 건지 보이지 않았다.

엘프일 것 같기는 한데, 어째서 뒤를 밟고 있는 거지?

나 혼자라면 이해가 가지만 이쪽에는 사냐 씨와 루이밍도 있었다. 뒤를 밟을 필요가 있는지 모르겠다.

딱히 공격을 해오는 것도 아니고 일정한 간격을 두고 따라오고 있었다. 무언가 이유가 있겠지만 신경이 쓰였다.

그 반응 중 하나가 뒤로 이동했다. 또 하나가 오른쪽 사선 앞으로 이동한다.

이것으로 좌, 우, 뒤, 오른쪽 사선 앞이 된다. 포위 되었다.

"사냐 씨."

"왜 그래?"

"엘프들에게 포위된 것 같은데요. 혹시, 저 때문인가요?"

두 사람은 내 말에 놀란 듯 눈을 크게 떴다.

"유나, 알고 있었어?!"

"그, 그런 건가요!"

사냐 씨는 알고 있었던 모양이다. 하지만 루이밍은 알아차리지 못했는지 주위를 연신 둘러봤다.

"유나는 대단하다니까. 보통은 못 알아차릴 텐데. 따라붙어 있는 사람들이 아직 멀었다는 뜻이겠지."

이 상황에서 탐지 스킬 덕분이라고는 말할 수 없었다.

탐지 스킬이 없었다면 미행은 알아차리지 못했을 거다.

"나도 집중을 해서 겨우 알아차린 정도인데."

"이거 괜찮은 거예요?"

"우리가 있으니까 괜찮아."

"그렇지만 네 명이나 따라올 필요가 있나요?"

"유나, 사람 수까지 아는 거야?!"

앗, 실수.

탐지 스킬에 반응이 있는 사람 수를 그대로 말해버렸다. 사냐 씨는 어렴풋이 알아차린 정도로 생각했던 모양이다. 그런데 인원수까지 맞춰버렸으니 놀랄만 하다.

조금 실수를 해버렸네.

"인원수를 안다는 건 어느 위치에 있는지도 아는 거니?"

대답을 해도 되는 걸까.

하지만 이미 인원수를 맞춰버렸으니까 거짓말을 해도 의미가 없겠지.

"좌우로 두 사람과 후방에 한 사람, 오른쪽 사선 앞에 한 사람이요."

"유나 씨, 정말인가요?! 저는 전혀 몰랐어요."

루이밍은 좌우를 본 후, 뒤를 보고 오른쪽 사선 앞을 봤지만 모르겠다는 눈치였다.

나도 탐지 스킬 덕분에 알았다. 없었다면 몰랐을 거다.

"아마, 곰돌이랑 곰순이가 있으니까 그럴 거야. 우리가 곰을 타고 나타났으니 놀랐겠지."

"갑자기 공격해오거나 하진 않겠죠?"

"괜찮아. 유나는 걱정이 많구나."

그렇게 말하더니 사냐 씨는 숲 속쪽으로 시선을 옮기고—.

"라비라타~~~~~!"

누군가의 이름을 숲 속을 향해 소리쳤다.

조금 지나자 사선 앞 나무가 흔들리더니 나뭇잎이 팔랑팔랑 하고 떨어졌다.

그 나무 위에는 남자 엘프가 서 있었다.

"알고 있었나?"

남자가 말을 걸어왔다.

잘생긴 엘프였다.

엘프는 기본적으로 미남 미녀가 많다는 이미지가 있었는데 그 편견은 옳은 걸지도 모르겠다. 사냐 씨도 미인이고 루이밍도 귀엽다. 그리고 나무 위에 있는 엘프도 잘생겼다.

"라비라타, 오랜만이야."

"그래, 그런데 내가 있다는 걸 용케 알아차렸군"

"이 숲을 감시하는 건 너의 일이잖아."

"그렇긴 하지. 그건 그렇다 쳐도 어째서 곰 같은 걸 타고 있는 거야?"

라비라타라고 불린 엘프는 우리가 타고 있는 곰돌이와 곰순이를 봤다.

"귀엽지? 혹시 이 아이들을 걱정하고 있다면 괜찮아."

"그쪽에 있는 곰도 그런가."

라비라타는 내 쪽을 바라봤다.

"네 눈에는 위험해 보여?"

"……그렇게 보이지는 않는군."

"그러면 미행하는 건 그만둬주겠어?"

"……알았다. 먼저 마을로 돌아가서 보고해두지."

라비라타는 조금 생각하더니 대답했다.

"다른 세 명에게도 말해줘."

라비라타는 사냐 씨의 말에 얼굴색이 변했다.

"사냐, 너 그것까지 눈치채고 있었어?!"

"좌우에 두 명, 뒤에 한 명."

사냐 씨는 미소를 지으면서 내가 알려준 정보를 그대로 말했다.

그 말에 라비라타는 더더욱 놀랐다. 하지만 곧바로 사실을 털어놨다.

"뭐, 알아차린 건 곰 옷차림을 한 유나이긴 하지만 말이지. 미행당하는 건 불쾌하니까 그만둬주길 바라는 것 같아."

사냐 씨가 내 쪽을 바라봤다.

"잠……."

나는 그렇게 말하지 않았다.

미행당하고 있다는 건 말했지만 불쾌하다고는 말하지 않았다. 공격을 걱정했을 뿐이다.

"저 곰이 알아차렸다고?"

라비라타가 내 쪽을 관찰하듯 바라봤다.

"유나는 이렇게 귀여운 복장을 하고 있지만, 싸움을 거는 건 헛된 짓이야."

"그런 짓은 안 해. 알았다. 세 명도 물리도록 하지. 그러면 되는 거지?"

"부탁할게. 그리고 이 아이들과 함께 갈 거니까 놀라지 않도록 전달 부탁해."

사냐 씨는 타고 있는 곰돌이를 쓰다듬었다.

"알았어."

라비라타는 한 마디만 말하고 숲 속으로 사라져버렸다.

뭐, 탐지 스킬을 사용하고 있으니까 멀어져 가는 모습이 보였지만…….

그리고 피리 소리 같은 작은 소리가 들리더니 우리 주변에 있던 세 명도 이동하기 시작했다.

약속은 확실하게 지켜주는 것 같다.

"그러면 우리도 가볼까."

"사냐 씨, 조금 전 그 사람은?"

"이 엘프 마을의 파수꾼이라고 할까."

"이 마을의 파수꾼이 어째서 우리의 뒤를 밟은 거예요? 사냐 씨와도 아는 사이 같던데 뒤를 밟지 않아도 괜찮지 않아요?"

"평소에 이 엘프 마을에 오는 건 상인이나 여행객 정도니까. 아무래도 곰돌이와 곰순이, 게다가 유나의 복장에 놀랐겠지. 하지만 조금 전의 대화로 위험하지 않다는 걸 알았으니까 이젠 괜찮을 거야."

그렇다면 상관없지만…….

우리를 태운 곰돌이와 곰순이는 걸어서 숲을 빠져나갔다. 그 앞에는 밭이 펼쳐져 있었고 집들이 보였다. 드디어 엘프 마을에 도착했다.

236 곰 씨, 엘프 마을에 도착하다

마을에 들어서자 엘프들이 맞아주었다.

조금 전의 엘프가 연락을 해서 모인 건가.

원래라면 10년 만에 돌아온 사냐 씨에게로 시선이 갈 테지만 나와 곰돌이, 곰순이에게 집중되어 있었다. 아이들도 눈을 초롱초롱 뜬 채 곰돌이와 곰순이를 보고 있었다.

그 군중들 속에서 인간으로 말하자면 마흔 살 정도로 보이는 엘프 남자가 걸어 나왔다.

"사냐, 오랜만이구나."

"할아버지, 다녀왔습니다."

"루이밍도 사냐를 잘 데리고 돌아와 줬구나."

그 말에 루이밍은 기뻐했다.

아무래도 사냐 씨와 루이밍의 할아버지인 모양이다. 하지만 할아버지라니, 그런 나이로는 보이지 않는다. 마흔 살 정도의 아저씨 같다. 할아버지가 이렇게 젊다면 사냐 씨의 부모님은 더 젊겠지.

엘프란 무섭군.

"사냐, 루이밍!"

"어머니!"

사냐 씨와 할아버지가 이야기를 나누고 있는데 젊은 여자 엘프가 다가왔다. 어머니라는 건 두 사람의 엄마라는 거겠네.

그건 그렇고 젊어. 두 사람과 닮아서 언니라고 해도 위화감은 없을 것 같다.

"아버님, 이야기는 내일 하셔도 되죠? 이 아이들도 멀리서 출발해 이제 막 도착했으니까."

"상관없지만, 그 전에 손님 소개만은 받아야 되지 않겠나."

할아버지가 나와 곰돌이, 곰순이를 바라봤다.

이건 자기소개를 하라는 뜻인가?

내가 입을 열려고 하자 먼저 할아버지가 입을 열었다.

"나는 이 마을의 촌장인 무무르트라네. 이미 알고 있을지 모르겠네만 루이밍과 사냐의 할아비이기도 하지."

먼저 인사를 받아버렸다.

"저는 유나예요. 모험가죠. 사냐 씨에겐 모험가 길드에서 신세지고 있습니다. 이번엔 사냐 씨에게 부탁해서 따라왔어요. 민폐가 되지 않도록 할 테니까 당분간 잘 부탁드리겠습니다."

첫 인상을 좋게 남기기 위해 예의 바르게 인사를 했다.

더욱이 곰 옷차림을 하고 있는 탓에 첫인상이 얼마나 좋을지는 모르지만…….

"그쪽의 곰은 아가씨의 곰인가?"

무무르트 씨는 곰돌이와 곰순이에게로 시선을 보냈다.

"제 소환수인 곰이에요. 검은 곰이 곰돌이, 흰 곰이 곰순이죠."

나는 소환수라는 것을 증명하기 위해 곰돌이와 곰순이를 송환했다.

그러자 주위에서 놀란 목소리가 나왔다.

아이들은 「곰이 없어졌어」라고 말하며 슬퍼했다.

"알았네. 다른 사람들이 놀랄지도 모르니 되도록 마을 안에서는 소환하지 않도록 해주게."

전혀 본 적 없는 사람이 마을 안에서 곰돌이와 곰순이를 본다면 놀랄 테니까 무무르트 씨의 말을 따랐다.

"사냐, 손님을 잘 대접해야 한다."

"네, 물론이죠."

"유나라고 했던가. 멀리에서 잘 왔소. 손님으로서 환영하지. 조금 어수선할지 모르지만 마음 편히 있다 가게나."

"감사합니다."

"사냐는 내일 아침 이 할아비 집으로 오도록."

"알았어요."

무무르트 씨는 자리를 떴다. 그와 교대로 루이밍이 어머니를 데리고 다가왔다. 역시 젊어서 어머니로 보이지 않는다.

"유나 씨, 저희 어머니예요."

"탈리아라고 해요. 딸이 신세를 진 모양이네."

가까이서 봐도 예쁜 사람이다. 도무지 두 아이의 엄마로는 보이지 않는다.

"유나예요. 모험가 일을 하고 있죠. 사냐 씨에게는 신세지고 있어요."

"예의가 바른 아이구나. 그런데 왕도에서는 모두 그런 복장을 하고 있는 거니?"

탈리아 씨가 내 복장에 관해 물어왔다.

여기는 오해를 풀기 위해 솔직하게 말하는 편이 좋겠지.

"네, 왕도에서는 모두들 입고 있죠."

"유나 씨! 어머니에게 거짓말하지 말아주세요. 저희 어머니는 엘프 마을에서 떠날 일이 별로 없어서 쉽게 믿으신단 말이에요. 어머니도 믿지 마세요. 유나 씨 같은 옷을 입고 있는 사람은 한 명도 없으니까요."

나의 온 힘을 담은 농담이 한 순간에 정정되어버렸다.

크리모니아라면 내 가게에서 비슷한 옷을 입고 있는 아이들이 많이 있으니까 거짓말은 아닌데…….

그러니까 한 명도 없다는 건 틀린 말이다.

"어머, 그러니? 귀여워서 루이밍에게 만들어주려고 했는데 아쉽네."

"그런 거 필요 없어요. 창피한 걸요."

지금 그런 거 필요 없다고 했지? 심지어 창피하다고 했어. 역시 그런 눈으로 나를 보고 있었던 거야.

"유나 씨니까 귀여운 거예요."

칭찬 받는 것 같지 않아.

"후훗, 사냐도 재미있는 아이를 데리고 왔네. 멀리에서 와서 피곤하지? 자세한 이야기는 집에서 듣도록 할까."

나는 탈리아 씨에게 안내를 받아 그들의 집으로 향했다. 루이밍은 오랜만에 만난 어머니 옆에서 기뻐하고 있었다.

그 뒤를 사냐 씨도 따라갔다. 어머니와 오랜만에 만났으니까 루이밍처럼 어머니에게 응석부리면 좋을 텐데. 나이를 생각하면 창피하려나.

조금 걷다보니 주변의 집들보다도 조금 큰 집에 도착했다.

"좁은 집이지만 편히 지내렴."

그건 주변에 있는 집들에게 실례인 것 같은데요.

루이밍은 문을 열고 가장 먼저 집 안으로 들어갔다.

"다녀왔습니다~."

"누나?"

집 안으로 들어서자 구석방에서 엘프 남자 아이가 얼굴을 내밀었다. 머리가 짧으니 여자아이는 아닐 거다. 하지만 머리를 기르면 미소녀가 될 수도 있겠다.

"루카, 다녀왔어."

"누나!"

루카라 불린 엘프 남자아이는 루이밍에게 이름이 불리자 종종걸음으로 다가왔다.

"얌전하게 집 잘 지키고 있었어? 어머니에게 응석부린 건 아니지?"

"얌전히 있었어."

루카는 기쁜 듯 루이밍에게 안겼다. 그리고 루이밍은 머리를 쓰다듬어 줬다.

나이는 일곱, 여덟 살 정도일까.

루이밍을 누나라고 부른다는 건 루이밍과 사냐 씨의 남동생이라는 거네. 분명 닮았을지도.

그렇게 생각하고 있는데 사냐 씨에게서 예상 밖의 말이 나왔다.

"루이밍, 그 아이는 누구야?"

사냐 씨는 소년 엘프를 보고 물었다.

"우리의 남동생인 루카야."

"너는 이 아이가 태어난 뒤로 한 번도 돌아오지 않아서 모르겠지."

탈리아 씨는 좀처럼 집에 돌아오지 않는 딸을 향해 한숨을 내쉬었다.

아무래도 사냐 씨가 모르는 사이 가족이 늘어난 모양이다.

루카라는 아이가 태어나고 한 번도 돌아온 적이 없다면, 그거야 모를 만하다.

"잠깐, 남동생이 생겼으면 연락 정도는 해줬어야죠."

돌아오지 않는 것도 나쁘지만 연락 정도는 해줘도 괜찮지 않았을까 싶다. 그래도 이 경우엔 사냐 씨가 더 나쁘다고 생각한다.

"돌아오면 알려줘야겠다고 생각했지. 그랬는데 전혀 돌아오지 않았는걸.”

사냐 씨는 포기한 듯 한숨을 쉬었다.

루카는 루이밍에게서 떨어지더니 우리 쪽을 바라봤다.

“곰이랑 모르는 사람이 있네. 누나, 누구야?”

루카는 모르는 사람이 집에 들어와서 조금 불안한 지 루이밍에게 물었다.

곰은 틀림없이 나를 말하는 거겠지. 그렇다면 모르는 사람이라는 건 사냐 씨가 될 거다. 사냐 씨는 모르는 사람이라고 불리자 조금 슬픈 얼굴이 되었다.

이것만큼은 역시 10년 가까이 집에 돌아오지 않은 사냐 씨가 나쁘다.

“곰 옷을 입고 있는 건 유나 씨. 왕도에서 알게 됐어. 이쪽은 너의 큰누나야. 누나가 한 명 더 있다는 건 이야기해줬지?”

“누나?”

사냐 씨는 루카 앞으로 가서 허리를 굽히고 눈높이를 맞췄다.

“저기, 루카. 우리가 만난 건 처음이지? 나는 사냐라고 해. 루이밍의 언니이자 루카의 누나이기도 하지. 그러니까 누나라고 불러 주면 좋겠는데…….”

설명을 들은 루카는 조금 고민하더니 창피해하며 사냐 씨 쪽을 바라보고 입을 열었다.

“사냐 누나?”

"응."

사냐 씨는 누나라고 불려서 기뻐보였다.

나도 크리모니아로 돌아가면 언니, 누나라고 불러주는 여동생들과 남동생들이 많이 있으니 부럽지 않다. 고아원 아이들과 피나는 잘 지내고 있으려나. 밤이 되면 곰 폰을 사용해서 피나에게 도착했다고 연락을 해야겠다.

나도 루카에게 인사를 했다.

"나는 사냐 씨에게 신세를 지고 있는 유나라고 해. 잘 부탁할게, 루카."

"응."

루카는 창피한 듯 루이밍 뒤로 숨어버렸다.

인사를 마친 나를 루이밍이 안쪽 방으로 안내해 주었다.

"아무리 그래도 남동생이 태어났을 줄은 꿈에도 몰랐어. 루카, 몇 살이야?"

사냐 씨는 루카에게 물었다.

"……8살."

"그러니까 언니가 10년은 돌아오지 않았다는 거야."

이건 집에 돌아오지 않았다는 명백한 증거가 되는 셈이네. 이것만큼 확실한 증거는 없다.

"그래도 이것으로 미래의 촌장이 탄생한 거네. 다행이야."

"언니, 촌장이 되는 게 싫어서 마을을 떠나버렸었지."

그런 이유로 마을을 나온 거야?

"딱히 그런 이유로 나간 건 아니었어. 바깥세상을 보고 싶었을 뿐이지."

"그래서 10년이나 돌아오지 않은 우리 따님은 마을로 돌아올 생각은 있는 거니?"

탈리아 씨가 음료가 올라간 쟁반을 들고 찾아왔다.

그것을 본 루이밍이 도와주며 모두에게 컵을 나눠줬다.

"어머니……."

"어때? 슬슬 결혼해서 아이도—."

"결혼은 아직 일러요. 게다가 지금은 일이 재밌는 걸요."

일반 사람들은 혼기에 쫓긴다는 이야기를 들었지만 장수하는 엘프라면 상관없는 건가.

"……그 말은, 앞으로 몇 십 년은 기다려야 한다는 거니?"

탈리아 씨는 볼에 손을 갖다 대고 한숨을 내쉬었다.

몇 십 년이라니, 길어. 너무 길다고. 이러니까 엘프란…….

"그래도 루카가 있으니까 제가 아이를 낳지 않아도 되잖아요."

"그럴지도 모르지만. 나도 얼른 손주가 보고 싶은 걸. 루카가 너처럼 크려면 앞으로 100년은 기다려야 하잖니."

그러니까 길다고…….

"더 빨라도 되잖아요."

"싫은 걸. 그렇게나 빨리 며느리에게 줘야 한다니."

탈리아 씨는 루카를 끌어안았다.

정말이지 어디서부터 뭐를 지적하면 좋을지 모를 정도였다. 시간 감각이 너무 다르잖아.

“그런 거라면 루이밍이 있잖아요.”

“언니! 나한테 떠넘기지 마.”

“루이밍은 결혼할 수 있으려나?”

“으~ 어머니 너무해요.”

“내가 누나랑 결혼해줄게.”

“루카~ 고마워.”

루이밍은 기뻐하며 남동생을 끌어안았다.

“누나랑 동생 사이는 결혼할 수 없단다. 그러니까 루카는 이 엄마랑 결혼을—.”

“모자 지간도 마찬가지예요!”

마지막은 사냐 씨가 소리쳤다.

이 가족, 루이밍까지 시답잖은 말에 동참하게 되면 수습이 어려워진다. 사냐 씨마저 없었다면 태클 거는 사람이 아무도 없는데 괜찮은 거야?

그게 아니면 여기에 없는 아버지가 태클 거는 역할인 건가?

237 곰 씨, 사냐 씨의 집을 방문하다

"그래서 결계 쪽은 괜찮은 거예요?"

사냐 씨는 고향으로 돌아오게 된 원인에 대해 탈리아 씨에게 물었다.

"가끔 마물이 들어오긴 하지만 아직 괜찮아."

"그래도 결계가 약해지고 있다는 건 정말인 거네요."

"그래, 몇 개월 정도 전부터 마물들이 결계 안으로 들어오게 됐어. 뭐, 들어온다고 해도 며칠에 한 마리나 두 마리 정도였는데, 최근에는 조금씩 결계 안으로 들어오는 빈도가 늘어나기 시작했거든. 그래서 아버님이 결계를 다시 펼치기로 결정하고 너를 부른 거야."

결계가 약해지고 있다는 이야기를 들었을 때는 큰일이 벌어졌을 수도 있다고 생각했는데, 그 정도로 긴급한 상황은 아니었던 모양이다.

그런 거라면 조금 여유를 가지고 엘프 마을을 살펴봐도 괜찮을 것 같다.

"그러면 아직 피해는 발생하지 않은 거네요."

"현재까지 피해는 없어. 아르투르와 다른 사람들이 교대로 마을 주변에서 보초를 서고 있거든. 아이들에게는 멀리 나가지 못하도록 말해 놓은 정도야."

루카를 바라보면서 말했다.

마물이 나올 가능성이 있으면 아이들이 멀리 놀러가게 둘 수는 없겠지.

피나도 마물이 있는 숲에 혼자서 약초를 캐러 갔다가 위험한 순간에 맞닥뜨렸었다. 자기 자신을 지킬 수 없는 아이들은 위험한 곳에 못 가도록 해야 한다.

"그러면 얼른 결계를 다시 만들어야겠네요. 언제쯤 할 건지 정해졌어요?"

"그건 내일 할아버지께 여쭤보렴. 자세한 건 네가 돌아온 뒤에 결정하기로 했었으니까."

결계는 그렇게 쉽게 다시 만들 수 있는 건가?

게임이나 만화 같은 것에서는 여러 아이템을 모은다거나 힘든 경우가 많았는데……. 이야기를 듣고 있으니 그런 느낌은 들지 않았다.

그런 거라면 결계를 만드는 의식인지, 마법인지 확실하진 않아도 견학을 갈 수 있는 건가? 게임에서 볼 수 있는 커다란 마법진이 나와서 감동하는 장면이 떠올랐다.

모처럼 여기까지 왔는데 결계 만드는 장면도 보고 싶었다.

하지만 엘프의 비밀 기술이라는 식으로 말했으니 불가능할까?

"그건 그렇고 유나라고 했지? 우리 딸이 두 명이나 너에게 신세를 졌네."

탈리아 씨가 내 쪽을 바라봤다.

"아뇨, 그렇지 않—."

내가 바로 부정하려고 한 그때였다.

"정말로 유나가 같이 있어서 다행이었어. 유나가 없었더라면 이렇게 빨리 돌아오는 건 불가능했을 거고, 쾌적하게 이동할 수도 없었을 거야."

"맞아요, 유나 씨의 곰 님들은 정말 빨랐어요."

확실히 곰돌이와 곰순이가 없었더라면 이렇게 빨리 오지는 못했을 거다.

"그 곰 말이구나."

그곳에 없었던 루카만 의미를 몰랐기 때문에 루이밍에게 물어보고 있었다.

"라비라타에게 「사냐와 루이밍이 곰을 타고 돌아왔다」는 말을 들었을 땐, 아버님이랑 같이 무슨 말인지 이해가 안 갔다니까."

뭐, 딸이 곰을 타고 돌아왔다는 말을 들으면 무슨 말인지 이해가 안 되겠지.

"그런데 실제로 딸들이 곰을 타고 있는 데다가 유나의 모습마저 곰이어서 여러 가지로 놀랐지 뭐야."

뒤에서 「나도 보고 싶어」, 「그러면 나중에 유나 씨에게 부탁해보자」라는 루카와 루이밍의 대화가 들려왔다.

부탁받으면 거절할 이유가 없으니 상관없다.

"대단한 답례는 못하지만 우리 집에서 마음껏 머물러도 좋아."

그건 기분 좋은 제안이었으나 가능하다면 곰 하우스를 세우고 싶었다.

곰 하우스가 있다면 곰 이동문도 설치할 수 있고, 주변을 신경 쓰지 않고 곰 폰을 이용해서 피나와 이야기할 수 있다.

눈에 띄고 싶지 않으니 마을 변두리나 숲 깊숙한 곳이 좋겠는데.

"사냐 씨, 제 집을 짓는 건 가능한가요? 가능하다면 눈에 띄지 않는 곳이 좋을 것 같은데."

"유나의 집이라……, 아마 괜찮지 않을까 싶지만, 그 이야기는 할아버지에게 허락을 받아야 될 거야."

할아버지는 조금 전에 만난 무무르트 씨인가. 뭐, 집을 짓는 건 마을 촌장의 허가가 필요하겠지.

"그러면 유나, 내일은 같이 할아버지가 계신 곳으로 가자."

"괜찮나요? 긴히 하실 말씀이 있으신 거 아니에요?"

"괜찮아. 이야기만 들으러 가는 거야. 그러니까 오늘은 내 방에서 자도 돼."

"네 방에서 자는 건 무리야."

탈리아 씨가 사냐 씨의 제안을 듣고 갑자기 그렇게 말했다.

"왜요?"

"그건, 창고로 쓰이고 있으니까 그렇지."

"……왜 그렇게 된 거죠!"

"10년이나 돌아오지 않았잖니. 아, 그래도 침대는 그대로니까 안심하렴. 이불만 새 걸로 준비해줄 테니까 자는 건 가능해."

탈리아 씨의 미소에 사냐 씨는 몸을 일으킨 뒤 뛰어갔다.

그리고 방 안쪽에서 사냐 씨의 비명이 들렸다.

"저기, 좁지만 유나 씨는 제 방에서 주무세요."

사냐 씨의 방 상황을 알고 있는 루이밍이 그렇게 말했다.

사냐 씨가 돌아와서 탈리아 씨에게 불만을 토로하기 시작했지만 탈리아 씨는 쿨한 얼굴로 맞받아쳤다.

"그러려면 일 년에 한 번은 돌아왔어야지."

"그렇게는 할 수 없다는 거 아시잖아요."

"그러면 이대로 마을에 머무르는 게 좋을지도 모르겠네. 응, 좋은 생각이야."

"어머니……."

사냐 씨는 어깨를 툭 떨어뜨리고 피곤해 보였다.

곰 이동문을 사용한다면 가능하지만, 일반적으로 왕도에서 길드 마스터를 하고 있는 사냐 씨가 간단히 왕래할 수 있는 거리가 아니었다.

그런 이야기를 나누고 있는데 문을 여는 소리가 들려왔다. 방으로 들어선 것은 20대 초반으로 보이는 슬림한 체격의 남자 엘프였다.

"루이밍, 사냐."

"아버지."

루이밍이 집으로 들어온 남자를 아버지라 불렀다.

응, 알고 있었어.

루카가 미래의 마을 촌장이라면 형은 없다는 이야기지.

가족 전원이 모였는데 이런 이상한 가족 풍경은 뭐지. 모두가 형제, 자매로 밖에 안 보여.

"사냐, 오랜만이네."

"응, 다녀왔어요."

"루이밍도 무사히 사냐를 데리고 돌아와서 다행이구나."

"그러니까 저는 괜찮을 거라고 했잖아요."

루이밍은 가슴을 활짝 피고 대답했지만 루이밍이 왕도로 오기까지의 행적을 알고 있는 나로서는 지적을 하고 싶어졌다.

왕도에서 미아가 됐었던 이야기라든가, 배가 고파서 쓰러져 있었다든가, 중요한 팔찌를 팔아버렸던 일이라든가, 내가 알고 있는 것만 해도 벌써 몇 개나 있다. 아마 내가 모르는 루이밍의 고생담이 더 있을 수도 있다.

뭐, 필요하다면 사냐 씨가 이야기 할 테니 나는 조용히 있기로 했다.

루이밍 녀석, 그런데도 으쓱대며 말하다니 놀랍군.

"사냐도 여전해 보이네."

"그렇게 간단히 바뀌지는 않죠."

“그래도 돌아와 줘서 다행이야.”

“결계가 약해졌다고 하면 어쩔 수 없잖아요.”

아버지가 앉아 있는 사냐 씨의 머리에 손을 올리자 사냐 씨는 창피해하며 그 손을 뿌리쳤다.

그리고 그녀의 아버지는 내 쪽으로 시선을 옮겼다.

“그래서, 그쪽이 함께 온 곰 옷을 입은 아가씨인가.”

“유나라고 해요. 이번엔 사냐 씨를 따라 오게 됐습니다.”

나는 사냐 씨의 아버지와 다시 인사를 나눴다.

이름은 아르투르 씨. 사냐 씨, 루이밍, 루카의 아버지이다. 형이라고 해도 위화감이 없을 정도로 젊다.

“그건 그렇고 정말로 곰 복장을 하고 있네. 라비라타에게 들었을 땐 바보 같은 소리라고 하면서 웃었는데.”

네, 곰이랍니다. 웃어주세요.

실제로 곰 옷차림을 하고 있어서 반론이 불가능했다.

“들어보니 라비라타 일행의 미행을 눈치챘다고 하던데. 라비라타가 분해하고 있었어.”

아르투르 씨는 웃었다.

탐지 스킬 덕분이라고는 말 못한다.

“저도 알고 있었어요.”

“위치랑 인원수도?”

“그건…….”

"아무래도 곰 아가씨는 인원수와 위치까지 맞췄다는 것 같던데."

뭔가 탐지 스킬 때문에 일이 커지고 있다.

입은 재앙의 근원이라고 했던가.

"유나는 우수한 모험가거든요."

제발 나를 그렇게 치켜세워주지 말아 주시겠어요? 곰 인형 옷이 없다면 평범한 여자아이 이하랍니다.

"그건 제 소환수가 알아차린 덕분이에요. 제가 대단한 게 아니에요."

"그러고 보니 곰 소환수가 있다고 들었는데."

일단 평소대로 탐지에 관해서는 곰돌이와 곰순이 덕분으로 해두자.

"그랬었지. 그러고 보니 유나의 소환수인 곰들은 정말 대단하단 말이야."

사냐 씨도 납득을 해준 모양이다.

뭐, 거짓말은 하지 않았다. 곰돌이와 곰순이도 나와 똑같은 것을 할 수 있다.

"그래도 라비라타 녀석은 최근에 자만하고 있었던 것 같으니까, 딱 좋은 경험이 되었을 거야."

나, 그 사람에게 원한을 사거나 하지 않았겠지.

"자, 별건 없지만 푹 쉬어주게."

그런 뒤, 루카에게 곰돌이와 곰순이를 소개해주었다. 루카는 처음엔 긴장하면서 다가갔지만, 곰돌이와 곰순이를 만지더니 기분이 좋아졌는지 쓰다듬고 등에 올라탔다. 그것을 보고 있던 루이밍도 함께 놀기 시작했다.

그 와중에 나는 사냐 씨가 방을 정리하는 것을 돕게 됐다.

사냐 씨의 방에는 침대를 제외하면 짐들이 산처럼 쌓여 있었다.

확실히 이렇게 보면, 창고네.

"침대 위는 열심히 치워뒀어."

탈리아 씨는 자랑하듯 말했다.

분명 침대만은 깔끔했다.

하지만 다른 곳은…….

"돌아올 거란 걸 알고 있었으면 전부 치워줬어야죠."

"이불은 새로 꺼낸 거야."

탈리아 씨는 할 말만 하고 나갔다.

"유나, 미안해."

그런 이유로 지금은 사냐 씨의 방을 청소하는 중이었다.

"사냐 씨, 마당에 작은 창고를 만들었어요."

"고마워, 덕분에 살았어."

사냐 씨의 방에 있던 물건들은 내가 정원에 만든 창고로 옮겼다.

내가 창고를 만들자 탈리아 씨도 자신의 방에서 짐들을 가지고 나왔다.

짐들을 넣기 위해 만든 거니까 상관없지만…….

이대로라면 이 창고도 조만간 가득 차게 될 것 같다.

"탈리아 씨는 조금 재밌는 사람이네요."

"옛날부터 저랬어. 조금 더 똑 부러지면 좋겠는데. 아, 그 짐은 내 거니까 이 방에 놔줘."

나는 사냐 씨의 지시대로 마당 창고로 옮기기 위해 일단 곰 박스에 짐들을 담았다. 짐들이 산더미였던 방이 점점 정리되었다.

도대체 사냐 씨의 방에 있던 상자에는 뭐가 들어 있는 거지. 저기는 항아리 같은 것도 나돌아 다니고 있다.

일단 가족들의 불필요한 물건들은 대충 사냐 씨의 방에 넣어두었던 것 같다.

나는 방 안의 불필요한 것들을 전부 곰 박스에 담아 바깥의 창고로 향했다.

"유나, 창고 정리는 어머니에게 시킬 거니까 적당히 두고 와."

나는 들은 대로 짐들을 대충 꺼낸 뒤 사냐 씨의 방으로 돌아갔다. 방은 말끔하게 치워졌다.

"유나, 고마워. 이제 겨우 잘 수 있겠어."

침대 위로 쓰러지는 사냐 씨.

나는 루이밍이 있는 곳에서 자려고 했지만 루카에게 자리를 빼앗겨 결국 사냐 씨의 방에서 자게 됐다.

238 곰 씨, 엘프 마을의 촌장인 무무르트 씨를 만나러 가다

다음 날, 나와 사냐 씨는 아침 식사를 마치고 이 마을의 촌장이자, 사냐 씨의 할아버지인 무무르트 씨가 있는 곳으로 향했다.

사냐 씨는 결계에 대한 이야기를 듣기 위해, 나는 곰 하우스의 허가를 받기 위해서였다.

밖으로 나가자 사냐 씨를 알아본 사람들이 다가왔다.

"사냐, 돌아왔구나. 그쪽 아이가 곰 옷차림을 한 여자아이인가 보네."

내 쪽을 보기에 가볍게 고개를 숙여 인사를 했다.

"검은 곰이랑 흰 곰은 안 보이네."

"무무르트 씨가 되도록 마을 안에서는 꺼내지 말라고 하셨거든요."

내가 설명하자 조금 아쉬워했다.

그런 식으로 마을 사람들과 인사를 하면서 무무르트 씨의 집 앞에 도착했다.

무무르트 씨의 집은 사냐 씨의 집에서 가까운 곳에 있었다. 집의 크기는 사냐 씨네 집과 크게 다르지 않다. 집에 살고 있는 건 조부모 두 분 뿐이라고 했다.

"할아버지, 저 왔어요."

사냐 씨는 노크도 하지 않고 문을 열어 집 안으로 들어갔다.

나는 들어가도 괜찮은지 걱정하면서 집 안으로 들어갔다.

집 안에서는 반응이 없었다. 하지만 사냐 씨는 마음대로 안쪽 방을 향해 들어갔다.

시골은 이런 느낌인가. 일단 나도 따라갔다.

안쪽 방으로 가자 무무르트 씨가 커다란 카펫 위에 가부좌를 틀고 앉아 있었다. 그 옆에는 무무르트 씨와 동년배로 보이는 여자 엘프가 앉아 있었다.

"사냐구나. 그리고 어제의 곰 아가씨도 같이 왔군."

"할머니, 저 왔어요."

할머니라고는 했지만 그런 연세로는 보이지 않았다. 무무르트 씨처럼 40대 정도로 보였다.

할머니는 사냐 씨가 온 것에 기뻐했다.

"어서 오렴. 그쪽은 소문의 곰 아가씨인가보네."

"유나라고 합니다."

가볍게 고개를 숙여 인사했다.

"나는 베나라고 한단다. 정말로 곰 옷차림을 하고 있구나. 그러면 나는 차를 준비해올게."

할머니(전혀 그렇게 보이지 않는다)는 몸을 일으켜 다른 곳으로 가버렸다.

"그래서, 어째서 곰 아가씨가 같이 온 거지?"

나는 무무르트 씨를 만나러 온 이유를 설명했다.

"이 마을에 살 생각인가?"

"유나는 이동식 집을 가지고 있어요. 그걸 설치하고 싶은 모양이에요."

일단은 돌아가기 전까지만 둘 생각이다.

"사냐의 집으론 안 되는 건가?"

"제 집이 있으면 여러 가지로 편하거든요."

결국 어제는 곰 폰을 사용할 타이밍이 없어서 피나에게 연락을 할 수 없었다.

게다가 내 집이 아니면 마음이 편하지 않은 것도 있다.

그러니 가능하다면 곰 하우스를 짓고 싶었다.

"마을 변두리나, 결계의 구석이어도 상관없으니까 둬도 될까요?"

내 부탁에 무무르트 씨는 턱을 만지면서 생각에 잠겼다.

개인적으로는 마을 안이 아니라 결계 구석 쪽이 좋다.

"유나가 겉보기에는 이상하지만 엄청 좋은 아이에요. 저도 몇 번이나 도움을 받기도 했고, 루이밍도 신세를 졌어요. 유나에 대해서는 제가 보증할 테니까 만약 유나가 마을 안에서 소란을 피운다면 제가 책임을 질게요."

사냐 씨가 무무르트 씨를 설득해주었다.

나를 신용해주는 건 기쁜 일이다. 사냐 씨와 이 마을에 사는 엘프들에게 폐를 끼칠 생각은 없었다.

"아가씨는 무슨 일로 이곳에?"

"여기에 온 이유는 저희 엘프가 어떤 곳에서 살고 있는지 흥미가 있었대요."

"호기심이 많은 아가씨로군."

"그런데, 주의를 해주셨으면 하는 것도 있어요."

"주의라니?"

무무르트 씨의 눈매가 변했다.

사냐 씨, 무슨 말을 하려는 거지. 나는 사냐 씨에게 「이상한 말은 하지 마세요」라며 눈으로 호소했다. 하지만 나의 호소는 통하지 않았다.

"유나는 비상식의 결정체니까 행동거지 하나하나에 놀라실 거예요."

사냐 씨는 웃으면서 무무르트 씨에게 말했다.

으음, 그렇게 비상식적인 행동을 했던가? ……스스로가 해왔던 일들을 살며시 떠올려봤다…… 했을지도?

"비상식이라. 주의하도록 하지."

그렇게 말하더니 무무르트 씨는 내 쪽을 바라봤다.

"알았네. 마음대로 지어도 상관없어."

"감사합니다."

어떻게든 곰 하우스를 설치할 수 있게 되서 다행이다.

사냐 씨 때문에 이상한 아이 취급을 받게 됐지만 무사히 허가를 받았다.

"그러면 어디에 지으면 좋을까요?"

"어디든 상관없지만, 근처의 집들에는 피해가 가지 않도록 해주게."

"네."

내 이야기는 끝났기 때문에 방에서 나가려고 했는데 무무르트 씨가 저지했다.

"마실 차를 준비하고 있네. 게다가 왕도에서의 사냐 이야기를 듣고 싶군. 사냐와의 이야기는 금방 끝날 테니 기다려주게."

"제가 있어도 괜찮나요?"

"괜찮아. 우리의 이야기를 들어도 곰 아가씨는 이해를 못 할 거야."

그건 내가 바보라는 의미인 걸까, 아니면 엘프에 관한 거니까 이해가 되지 않을 거라는 뜻일까.

뭐, 있어도 된다면 그러기로 했다.

결계의 이야기와 마을 현 상황에 관해 듣는 것은 나한테도 고마운 일이다. 정보는 중요하니까.

사냐 씨의 할머니(그렇게 안 보인다)가 차와 과일을 가지고 와주셔서 먹으며 이야기를 듣기로 했다.

"그래서 사냐, 너는 어디까지 들었지?"

"루이밍과 어머니에게 들은 정도예요."

응? 두 사람이 이야기를 시작했는데 왠지 대화 내용을 알아듣기 어려워졌다.

귓속 관리는 제대로 해뒀는데.

의미는 없지만 머리를 흔드는 제스처를 취해봤다.

"그렇군, 이건 일부의 사람들만 아는 건데 마물들이 결계 안으로 많이 들어오고 있어."

"그래요?!"

잘 들린다.

돌아가면 귀 청소를 해야 하나?

그건 그렇고 어제 탈리아 씨에게서 들은 이야기와는 조금 상황이 다른 모양이다.

"그래서 라비라타 일행이 마을 주변을 경계하고 있는 거다. 너희가 돌아왔을 때도 호위를 해줬지."

아, 내가 수상해서 뒤로 따라 붙은 게 아니었구나.

그러면 미행당해서 기분이 나쁘다고 한 건 잘못한 건가.

아니지, 말한 건 사냐 씨고 내가 아니잖아. 뭐, 마음속으론 그렇게 생각했지만…….

"그렇게 위험한 상황인 거예요?"

"그래, 결계의 틈새가 커지고 있는 모양이라 마물들의 수가 서서히 늘고 있어."

역시, 위험한 상태였네.

"그래서 결계를 다시 만들려고 하는 거네요."

사냐 씨의 말에 무무르트 씨는 고개를 가로로 저었다.

"처음엔 단순히 결계를 다시 만들면 될 거라 생각했지만 그것도 불가능해."

"무슨 말씀이세요?"

"결계의 마력의 원천인 신성수(神聖樹)가 기생수에게 뒤덮였어."

"신성수가 기생수에게요?!"

사냐 씨가 놀란 목소리를 냈다.

신성수? 뭐야, 그게? 게임이나 만화에 나올 법한 판타지 같은 이름의 나무가 나왔는데.

그런데, 그 나무가 기생수에게 뒤덮였다고?

분명, 게임에서 나오는 기생수는 식물계 마물이었던 기억이 있다.

나무에 기생하여 영양을 빨아먹고 성장한다. 겉보기엔 나무에 덩굴이 생긴 것처럼 보여서 기생수라고 판별이 불가능하다.

그리고 기생수는 가까이 다가간 사람, 동물, 마물 등을 기다란 덩굴로 휘감아 포식한다.

"목소리 낮추거라."

"죄송해요. 그래서 사실인 거예요?"

"알아차린 건 루이밍을 너에게 보내고 나서다. 아마 전부터 뒤덮여 있었겠지. 처음에는 그걸 눈치채지 못했어."

"기생수가 어디서 나타난 거죠?"

"새가 씨앗을 옮겨왔을지도 몰라. 원인이 뭐가 되었든 기생수에게 잠식된 건 변하지 않지."

"그렇죠. 그런데, 그 기생수는 할아버지와 아버지라도 쓰러뜨릴 수 없는 거예요?"

"조금 더 빨리 알아차렸다면 나와 아르투르 둘이서 대처 가능했을지도 모르지만 시기가 늦어서 기생수가 성장한 후였어. 내가 안이하게 결계의 틈이 벌어진 정도라고 생각했던 것이 원인이지. 신성수는 관계없을 거라고 믿고 있었어."

"그래도 일단 확인은 한 거잖아요."

"그때는 기생수의 영향을 받은 모습은 없었어. 그래서 네가 오고난 후여도 문제 없다고 생각했지. 그런데 루이밍을 보내고 얼마 지나지 않아 엘프 마을에 마물이 들어오는 수가 나날이 늘어나기 시작했어. 그래서 다시 신성수를 확인했더니……."

"기생수가 있었군요."

"이미 시기는 놓쳐버렸지."

"상황은 알았어요. 그래서 어떻게 하실 거예요? 결계를 다시 만드는 것도 불가능하고. 애초에 기생수를 쓰러뜨리지 않으면 마을이 위험해질 거예요."

"결계를 풀 거다. 그리고 마을에서 싸움이 가능한 자들을 모아 기생수를 쓰러뜨릴 거야."

무무르트 씨는 강하게 말했다.

"그런 큰일이 일어난 거네요."

나도 예상 밖이었다.

"루이밍이 나선 뒤에 알았으니 루이밍은 당황한 기색이 없었던 거고요."

뭐, 상황이 안 좋았다면 루이밍에게 사냐 씨를 불러오도록 하진 않았을 거다.

"루이밍에게 좋은 경험이 될 거라고 생각했는데……."

"틀림없이 좋든 나쁘든 경험은 한 모양이에요."

응, 했지. 사냐 씨는 부모님에게도, 무무르트 씨에게도 팔찌에 관한 이야기를 하지 않았다. 착한 언니다.

하지만 신성수라니 뭐지?

이름만 보면 엄청 전설의 나무 같은데…… 모르는 것은 물어보면 된다.

"사냐 씨, 신성수라는 게 뭐예요?"

"신성수는 우리 엘프를 지켜주고 있는 커다란 나무를 말해. 막대한 마력을 보유하고 있어서, 숲 전체에 마물들이 들어오지 못하도록 결계를 유지하기 위해 힘을 빌리고 있지."

"그렇구나."

마력을 가지고 있는 커다란 나무라니 정말로 전설의 나무 같은 거네.

"그런데 어째서 일부러 결계를 푸는 거예요?"

"아~ 그건 신성수를 지키는 결계가 별도로 만들어져 있거든. 마을을 포함한 숲 전체에는 마물들을 불러들이지 못하게 하는 결계. 신성수에는 사람들이 다가가지 못하도록 하는 결계가 만들어져 있어. 그 신성수의 결계에 들어갈 수 있는 건 할아버지와 아버지, 나 세 명만이……."

그렇군, 즉 결계는 두 개가 있고 신성수를 지키는 결계는 사냐 씨 외 두 명만 들어갈 수 있는 거구나. 드디어 이야기가 이해됐다.

"……자, 잠깐."

사냐 씨가 놀란 표정으로 나를 바라봤다. 무무르트 씨도 함께 바라봤다.

"유나, 나랑 할아버지가 하는 말들을 이해한 거야?"

"이해했는데요."

무슨 말을 하는 거지. 설마, 두 사람의 대화를 이해 못하는 바보라고 생각했던 거야?

"아가씨, 엘프의 언어를 이해한 건가?"

엘프의 언어? 그건 엘프어라는 건가?

놀란 두 사람의 모습을 보고 있자니 아무래도 엘프어로 이야기를 나누고 있었던 모양이다.

그렇다고 한다면 아마도 엘프어를 이해할 수 있는 건 스킬 중 하나인 이세계 언어가 원인이겠지. 이세계 언어라는 건 엘프어도 이해할 수 있는 모양이다. 이건 실수를 한 걸지도 모른다. 하지만 이제 와서 이해 못했다고 거짓말을 할 수도 없는 노릇.

"네, 입 다물고 있어서 미안해요."

"아니, 설마, 유나가 엘프어를 이해할 거라고는 생각 못했으니까. 마을에서는 표준어로 이야기하지만 외부 사람에게 알리고 싶지 않은 이야기를 할 경우엔 엘프어를 사용해."

"설마, 아가씨가 엘프어를 이해할 줄은 모르고 이야기를 하고 있던 우리의 잘못이네. 엘프 이외에 엘프어를 이해할 수 있는 사람은 거의 없으니까 말일세."

"그런데 유나가 엘프어를 이해할 줄은 몰랐어."

네, 저도 몰랐습니다. 엘프어가 있다는 것도 지금 알았는걸요.

무무르트 씨는 이야기를 시작할 때 내가 엘프어를 모를 거라고 생각해서 내가 이야기를 듣고 있어도 이해하지 못할 거라고 했던 거였다. 내가 바보라는 의미가 아니었어.

"저, 자리를 피할까요?"

"아니, 이제 됐네. 멀리에서 온 아가씨를 불안하게 만들고 싶진 않았는데, 가능하다면 사냐의 친구로서 마을에서 즐기다 가길 바랐어."

배려에 마음이 아프다.

그런 마음을 스킬 때문에 배신해버렸다.

"그래서, 기생수는 쓰러뜨릴 수 있어요?"

"마을, 전원의 힘을 합친다면 가능할 거네. 가능하다면 기생수의 핵인 마석을 발견해서 파괴해버리고 싶어. 그게 가장 빠른 방법이지."

게임 속 기생수도 핵이라 불리는 곳을 파괴하는 것으로 무찌를 수 있었다. 그게 마석의 위치였던 거군. 게임이라면 핵을 파괴해도 마석을 얻게 돼서 심장 정도라고 생각했었다.

하지만 핵인 마석을 찾는 건 게임 속에서도 어려웠다. 덩굴로 가려져 있기도 하고 높은 위치에 있다면 발견하는 건 더더욱 어려워진다.

그래서 게임에서 기생수를 쓰러뜨릴 때는 기생되어 있는 나무와 함께 불태우는 게 가장 편한 방법이었다. 하지만 이번엔 기생수를 태울 수는 없다.

기생수를 태운다면 신성수도 함께 타버릴 거다. 신성수를 지키기 위해서 신성수를 태워버리면 의미가 없어진다.

꽤 어렵겠지만 엘프가 힘을 모아 기생수와 싸운다면 기생수의 핵(마석)을 발견할 수 있을지도 모른다.

"그래서 할아버지, 결계는 언제 풀 거예요?"

"빠를수록 좋지. 그렇지만 그 전에 너도 기생수를 확인해 봐야지."

"알겠어요."

사냐 씨는 고개를 끄덕였다.

나도 신성수를 보고 싶은데 힘들까?

멀리에서라도 보고 싶지만 무리한 부탁을 해서 곤란하게 만드는 건 그만두도록 하자.

무무르트 씨는 차를 마시더니 내 쪽으로 가볍게 시선을 옮겼다.

"곰 아가씨, 사냐는 왕도에서 어떻게 지냈나. 일은 착실하게 하고 있던가?"

"할아버지?!"

무무르트 씨의 말에 사냐 씨가 놀랐다.

그러고 보니 내가 남겨진 이유는 왕도에서의 사냐 씨에 관해 이야기하기 위해서였지.

"그렇지만, 시간이……."

사냐 씨가 도망가려는 듯 시간을 걸고 넘어졌다. 분명 서둘러야 할 상황이라면 사냐 씨에 대해 이야기를 나눌 때가 아니었다.

"이따가 아르투르가 오기로 되어 있어. 우리 둘로는 위험할지도 모르니까. 그러니 아르투르가 올 때까지 이야기를 들을 수는 있겠지."

"아버지가요? 그런 이야기는 못 들었는데요."

"잠깐 일이 있어서. 곧 올 거야."

나는 아르투르 씨가 오기 전까지 왕도에서의 사냐 씨에 관해 이야기하기로 했다.

그럴 때마다 사냐 씨가 「그만 둬~」라며 몇 번이고 소리쳤지만 내가 상관할 바 아니다.

자신에 관한 이야기가 나오는 게 쑥스러운 거겠지.

참고로 이상한 말은 하지 않았다. 사냐 씨의 멋있는 부분만 이야기했다.

그리고 아르투르 씨가 찾아온 것은 우리가 점심 식사를 마친 무렵이었다.

점심으로는 버섯 스프와 산채 요리를 대접 받았는데 매우 맛있었다.

산채는 튀김으로 해도 좋고 버섯은 피자에도 사용할 수 있어서 요리의 폭도 넓어진다.

버섯과 산채는 초보자가 캐기는 위험해서 얻을 수 있다면 얻어 가고 싶었다.

239 곰 씨, 엘프 아이들과 놀다

그건 그렇고 스킬 중 하나인 이세계 언어가 엘프어까지 번역을 해줄 줄은 몰랐다. 이쪽 세계에 얼마나 많은 언어가 있는지는 모르지만 다른 종족의 말까지 이해할 수 있다는 뜻이리라. 편리한 스킬이다. 언어를 이해하지 못한다면 커뮤니케이션을 이어가기가 어렵다.

다만, 마물의 말이나 동물들의 말까지는 이해할 수 없는 모양이라 다행이다. 만약 마물이나 동물들의 말을 알아들을 수 있었다면 싸우지 못했을 거다.

이야기를 마친 나는 마을 촌장인 무무르트 씨의 집을 나섰다.

"유나를 혼자 두게 돼서 불안한데, 소란은 피우지 말고……."

조금 전 무무르트 씨 앞에서 나를 믿는다고 하지 않았던가.

나는 소동을 피하려고 노력하고 있다. 트러블은 항상 외부에서 찾아온다. 즉, 나는 막을 방법이 없다. 그러니까 나는 잘못이 없다고 말하고 싶다. 오히려 시비를 걸어오는 쪽을 어떻게 해줬으면 좋겠는데.

사냐 씨는 무무르트 씨와 아르투르 씨와 함께 신성수를 확인하러 갔다.

사냐 씨와 헤어진 나는 곰 하우스를 설치할 곳을 찾기로 했다.

그럼, 어떻게 할까. 어디든 괜찮다는 말은 들었지만 마을 내부는 눈에 띄어서 사람들이 몰릴 것 같았다. 그런 걸 생각하면 역시 마을 밖이 나으려나.

루이밍에게 마을 밖에서 눈에 띄지 않는 장소를 물어보는 방법도 있었다.

생각에 잠긴 채 걷고 있는데 루이밍과 루카가 있었다. 그 두 사람의 주위에는 엘프 아이들이 있었다. 그 아이들이 나를 발견한 모양인지 아이들의 눈이 반짝거리는 것처럼 보였다. 좋지 않은 예감만 들었다.

아이들이 내 주변으로 모여들었다.

"저기, 루이밍, 아이들이 왜 이러는 거야?"

"유나 씨, 죄송해요."

루이밍이 곤란한 얼굴을 하며 현 상황을 설명해주었다.

①루카는 아이들과 놀았다.

②루카가 곰돌이와 곰순이에 관해 아이들에게 이야기 했다. 감촉이 좋다는 둥, 곰의 털이 기분 좋았다는 둥, 착하다는 둥, 귀엽다는 둥의 이야기를 했다고 한다.

③거기에 루이밍까지 참가를 했다.

④아이들은 곰돌이와 곰순이를 보고 싶어 했다.

⑤그런 와중에 내가 나타났다.

⑥내가 아이들에게 둘러싸였다. ← 지금 여기

무슨 일을 벌이는 거지, 이 남매는…….

위험하다든가, 무섭다든가 하는 마이너스 이미지를 떠벌리는 것 보다는 낫지만 너무 칭찬만 해도 곤란하긴 마찬가지다.

아이들이 곰돌이와 곰순이를 만나보고 싶다고 호소하고 있었다. 이런 눈망울로 바라보는 아이들을 뿌리치는 짓은 할 수 없다.

곰 하우스 설치는 포기하고 곰돌이와 곰순이를 소환해서 아이들을 상대해 주기로 했다.

"무무르트 씨가 소환은 되도록이면 하지 말아달라고 하셨으니까 아주 잠깐만이다."

큰 소동이 나는 건 곤란하기에 약속을 받았다.

"그리고, 곰돌이와 곰순이가 싫어할만한 짓을 해선 안 돼."

곰돌이와 곰순이의 털을 잡아당기거나 때릴 수도 있었다. 그런 짓을 당한다면 곰돌이와 곰순이가 가엾지 않은가.

그래서 나는 아이들에게 약속을 받았다.

"제가 보고 있을 테니까 안심하세요."

루이밍이 아이들의 감시자 역할을 자청해줬다. 그 말을 믿고 곰돌이와 곰순이를 소환하자 좋아하는 아이들과 놀라서 루이밍 등 뒤로 숨는 아이들이 있었다.

그런 아이들을 루이밍이 돌봤다.

아이들은 기뻐하며 곰돌이와 곰순이를 만졌다. 어디를 가든 곰돌이와 곰순이는 인기가 있네.

그런 와중에 곰돌이와 곰순이가 아닌 내 쪽에 흥미를 가진 아이들도 있었다.

"언니는 왜 곰 님 옷을 입고 있는 거야?"

순수한 꼬마 아이의 눈으로 물어왔다.

여타 어른들처럼 흥미 목적이 아니었다.

"그건 말이지, 곰 님의 가호를 받고 있거든."

거짓말은 아니다.

실제로 저주라고 말할 수 있을 정도의 가호를 받고 있다.

"나도 곰 님의 가호를 받을 수 있어?"

"으음, 무리일 것 같은데, 엘프는 바람의 가호를 받고 있잖아."

"나, 바람보다 곰 님의 가호가 좋은 걸."

이런, 곤란하게 됐다.

만약 이 여자아이가 집으로 돌아가 부모에게 「나, 바람의 가호는 필요 없으니까 곰 님의 가호를 받고 싶어」라는 말을 한다면 부모를 곤란하게 만들게 될 거다. 그것만이라면 괜찮지만 부모들이 곰 님의 가호를 받는 방법을 물으러 오면 큰일이다.

나는 엘프 소녀를 설득하기로 했다.

"엘프에게 있어서 바람의 가호는 소중한 거니까 그런 말 하면 못 써. 모두가 바람의 가호를 지니고 있는데 혼자만 없다면 싫겠지? 게다가 곰 님의 가호를 얻으려면 이런 옷차림을 꼭 해야 하는 걸. 어른이 되었을 때의 자기 자신의 모습을 상상해 봐. 엄마나 아빠가 나 같은 옷차림을 하고 있으면 어떨 것 같아?"

나는 열심히 설득했다.

그럴 때마다 내 HP가 깎이고 있는 건 기분 탓일까.

자신을 부정하는 말을 할 때마다 슬퍼지는 내 자신이 있었다.

설득한 보람이 있는지, 엘프 소녀는 「알았어, 열심히 바람의 가호를 얻을게」라고 말해줘서 안도했다.

내 마음에는 상처가 생겼지만 이것으로 여자아이의 미래는 지킨 것 같다.

그런 뒤 약속한 대로 곰돌이와 곰순이를 송환했다. 아이들은 아쉬워했지만 약속은 약속이다.

이대로 헤어지고 곰 하우스 설치 장소를 찾으려 했는데 루이밍과 아이들이 보답으로 마을 안내를 해주겠다고 했다. 그 말을 거절할 수 없었기 때문에 제안을 받아들였다.

나는 아이들을 데리고 마을 안을 걸었다.

밭 같은 것도 있었지만 가게로 보이는 것들은 없는 것 같았다.

"가게는 없구나."

"필요한 것들은 가끔 이 동네에 오는 상인들에게 사거나, 시내로 사러 가기도 해서 괜찮아요."

루이밍이 설명해주었다.

마을 안에는 작은 개울이 흐르고 있었고 아이들이 노는 장소인 듯했다. 아이들은 작은 개울에 도착하자 즐겁게 놀기 시작했다.

내가 개울로 다가가니 아이들이 내 쪽을 향해 물을 튀겼다.

"아아, 유나 씨에게 그런 짓 하면 안 돼."

루이밍이 아이들에게 주의를 주었다. 하지만 곰 인형 옷은 방수라서 상관없다.

그런 다음에도 루이밍과 아이들의 안내를 받아 마을을 돌았다.

아이들과 논 탓에 곰 하우스를 설치할 수 없었던 나는 루이밍네 집으로 돌아왔다.

루이밍과 루카는 탈리아 씨가 있는 곳으로 갔다. 나는 오늘도 숙박하는 것을 허락받기 위해 사냐 씨의 방으로 향했다.

"어서 와."

신성수를 확인하러 갔던 사냐 씨가 있었다.

"사냐 씨, 돌아와 있었네요?"

"확인만 하러 갔었으니까."

하지만 사냐 씨의 상태가 이상했다.

"그런데, 괜찮을 것 같아요?"

"할아버지가 말씀하셨던 것 그대로였어. 다만, 내가 생각했던 것보다 심각할지도 몰라."

"어떤 상황이었는데요?"

"시험 삼아 기생수의 넝쿨을 잘라봤는데 재생 속도가 빨랐어. 기생수의 마석을 발견할 수 있다면 좋겠지만…… 신성수도 큰데 기생하는 기생수까지 커져 있었어. 그래서 할아버지가 말씀하신 것처럼 사람을 모아서 싸울 수밖에 없을 것 같아."

간단한 문제는 아닌 모양이다.

"그 기생수를 보고 있으니까 불태워 버리고 싶어졌어. 기생수를 불태워버리면 신성수까지 타버리니까 불가능하지만 말이야."

역시, 게임처럼은 할 수 없는 것 같다.

"그보다 우리는 불 마법은 잘 다루질 못해서 기생수를 불태우는 건 애당초 무리일지도 모르지."

엘프라서 바람 마법을 특히 잘 쓴다는 건 알고 있었지만 불 마법은 잘 못 쓰는 모양이다.

"그런 거라면 저도 도울까요?"

"유나가?"

"결계를 푼다면 저도 들어갈 수 있는 거잖아요?"

신성수를 보고 싶었다.

"분명 도와준다면 큰 도움이 되겠지만. 나 혼자서는 부탁할 수 없는 문제야. 좋게 보지 않는 사람들이 있을지도 모르고……. 무엇보다도 다른 사람들은 유나의 실력을 모르니까 더더욱 그러겠지."

뭐, 외부인이기도 하고 곰 인형 옷차림을 한 여자아이가 강할 거라고 생각하지 않는 건 어쩔 수 없다.

"만약, 도움이 필요하면 말해주세요."

"고마워, 그때는 부탁할게."

사나 씨와 약속했다.

"그래서, 유나는 집을 어디에 설치했어?"

나는 사나 씨와 헤어진 뒤 겪었던 일에 대해 설명했다.

"후훗, 아이들에게 붙잡혔구나. 모두들 유나의 옷차림이 신기했을 거야."

어디를 가든 이 옷차림은 신기할 것이다.

인형 옷 모습이 신기하지 않는 곳이 있다면 알려주길 바란다.

240 곰 씨, 곰 하우스를 세우다

다음 날, 나는 곰 하우스를 설치할 장소를 찾기 위해 집을 나왔다.

어제는 아이들에게 붙잡혀 설치를 할 수가 없었다.

루이밍과 루카가 동행하려고 했지만 탈리아 씨의 일을 도와야 해서 따라오지 못했다.

사나 씨는 아르투르 씨, 무무르트 씨와 앞으로의 일을 의논하러 무무르트 씨네 집으로 갔다.

인원, 대체 방법, 언제 할 것인가. 다른 마을 사람들에게 어디까지 사정을 말할 건지 등, 의논할 내용이 많이 있는 모양이다.

"그래도 내가 오기 전에 할아버지랑 아버지 두 분이서 이야기했었던 모양이니까 그렇게 큰 야단은 아닐 거야."

사나 씨는 그렇게 말했다.

나는 마을 아이들에게 들키지 않도록 마을 밖으로 나갔다.

곰 하우스는 마을 안에서 눈에 띄기 쉬우니까 밖에 설치하려고 한다.

어제 만큼은 아니겠지만 아이들이 곰 하우스로 몰려올 수도 있으니까.

게다가 마을 촌장인 무무르트 씨에게 어디든 괜찮다고 허가는 받아뒀다.

마을 밖으로 나온 나는 적당히 숲 속을 걸었다.

으음, 어디에 좋은 장소가 없을까.

가능하면 햇빛이 잘 들고, 눈에 안 띄고, 결계 내부인 그런 삼박자가 척척 맞는 장소가 있으면 좋겠는데…….

그런 조건이 좋은 곳을 찾으면서 걷고 있는데 강이 나왔다.

예쁜 강이었다.

나는 콧노래를 부르며 강가를 걸었다.

강 소리를 들으면서 상류를 향해 걸어갔다.

……곤란한 일이 벌어졌다.

마물이 가까이에 있을 수도 있어서 탐지 스킬을 사용했더니 뒤쪽에 사람의 반응이 있었고, 내 뒤를 따라오고 있었다.

으음, 어째서지…….

딱히 수상하게 여겨지고 있는 건 아니겠지?

그게 아니라면 호위를 해주고 있는 건가?

뛰어서 따돌리는 건 간단하지만 그런 짓을 하면 수상하게 여겨질 것이다.

으음, 어쩌면 좋지.

답이 나오지 않은 채로 강의 상류를 향해 걸어갔다.

도중에 폭포도 있었지만 그 옆 언덕을 닌자처럼 점프해서 올라갔다.

올라간 곳 위에는 어여쁜 꽃이 넓게 피어져 있었다.

오오, 좋은 곳 발견.

폭포 위에서 마을이 보였다. 달린다면 오래 걸리지 않고 마을로 갈 수 있었다.

여기라면 엘프 마을에서 적당하게 떨어져 있고 언덕 위에 있으니까 밑에서는 보이지 않을 거다.

문제는 내 뒤를 따라오고 있는 엘프인데…….

탐지 스킬을 사용해서 확인하자 이미 언덕 위로 올라와 구석에 있는 나무 근처에 있었다.

저 나무 부근인가.

으음, 어쩌면 좋지?

고민한 결과, 말을 건네기로 했다.

특히 곰 하우스를 꺼냈을 때 놀라서 이상한 이야기를 마을에 보고하면 곤란했다.

"저기, 나무 뒤에 숨어 있는 분. 나와 주실 수 있나요?"

나무를 향해 말을 건넸지만 반응이 없었다.

이 장면을 제3자가 보면 이상한 아이로 보이겠지?

나무에 말을 건네고 있는 곰 옷차림의 장면.

어떻게 봐도 창피한 광경이다.

"저기—."

한 번 더 말을 건네 봤다.

나와 주면 좋겠는데.

몇 초 정도 기다리자 나무 뒤에서 남자 엘프가 나왔다.

이런, 엘프 마을에 막 들어섰을 때 뒤따라오던 엘프였다. 분명, 라비라타라고 했었나?

라비라타는 천천히 이쪽으로 걸어왔다.

설마, 화내고 있는 건가?

조금 눈꼬리가 올라가 있는 것처럼 보였다.

"언제부터 눈치채고 있었지?"

언제부터냐는 말에 「탐지 스킬을 쓴 순간부터였는데요」라고 말할 수는 없었다.

그래서 소환수인 곰돌이 덕분에 알고 있었다고 말하려고 했는데 곰돌이와 곰순이가 없는 것을 눈치챘다.

으으, 또 실수해버렸네.

최근에 실수가 늘었다.

"정말로 너는 정체가 뭐지?"

내가 조용히 있자 라비라타 쪽에서 말을 건네 왔다.

정체가 뭐냐고 물어도 대답할 말이 없다. 하지만 지금 할 수 있는 대답은 단 하나뿐이다.

"모험가인데요."

이렇게 대답할 수밖에 없었다.

“그래서, 너는 여기서 뭘 하고 있는 거야?”

숲 속에서 혼자 어슬렁거리고 있어서 수상하게 여겨진 건가.

“무무르트 씨에게 집을 세워도 된다고 허락을 받아서 장소를 물색하고 있었던 것뿐이에요.”

“집을 세운다고?”

뭐, 이해가 안 가겠지.

“조금 특수한 집이라 마을 안에서는 눈에 띄니까 좋은 장소를 찾고 있었어요.”

솔직하게 말했다.

거짓말을 해서 해결될 문제가 아니기도 하고 마을의 촌장인 무무르트 씨에게는 허락을 받았으니 문제될 건 없었다.

더욱이 숲 속을 순찰하는 라비라타 일행에게는 언젠가 들키게 될 문제이고, 집을 세운 장소는 마을의 촌장인 무무르트 씨에게 보고할 생각이었다.

“그러면 이곳에 집을 지어도 될까요?”

일단 물어봤다.

어쩌면 여기는 엘프에게 있어서 소중한 장소일지도 모른다.

예쁜 꽃들이 피어있기도 하고 경치도 좋았다.

“여기라면 딱히 상관은 없지만, 정말 여기에 집을 세울 생각인가?”

“여기도 일단 결계 내부잖아요?”

“그렇다. 너도 결계에 대해서 조금은 들었겠지?”

"결계가 약해지고 있다는 이야기 말이죠?"

"그래, 그러니까 결계 내부라고 해도 마물들은 나타날 거고, 손님을 이런 마을과 떨어진 곳에 살게 하는 건 내키지 않는다. 조금 더 마을 근처라면 내 동료들도 있으니 안전할 거다."

아무래도 나를 걱정해주고 있는 모양이다.

의심받고 있다고 생각해서 죄송합니다.

"제 집이 조금 특이해서요, 괜찮아요."

나는 곰 박스에서 곰 하우스를 꺼냈다.

라비라타 앞에 2층 건물의 곰 형태를 한 집이 나타났다. 거실, 부엌, 욕실. 그리고 피나가 언제든지 해체 작업을 할 수 있는 창고도 있었다.

"뭐, 뭐지?"

곰 하우스를 본 라비라타는 놀란 표정을 지었다.

"제 집이에요. 이건 마을 안에서는 눈에 띄겠죠. 그러니까 사람들의 눈이 닿지 않는 곳을 찾고 있었던 거예요."

"어째서 곰의 모습을 하고 있는 거지?"

곰 하우스를 본 사람은 누구나 그렇게 생각한다. 하지만 대부분의 사람들은 내 모습을 보고 납득한다.

하지만 라비라타는 곧장 물어왔다.

대답은 하고 싶지 않지만…….

"곰의 가호를 받고 있거든요."

어제, 아이에게 곰 님 복장에 대해 질문 받았을 때 했던 대답을 곰 하우스에도 끼워 맞추기로 했다. 편리한 말이다.

"곰의 가호?"

라비라타는 곰 하우스와 나를 번갈아 보더니 납득한 모양인지 그 이상 물어오지 않았다.

곰의 가호. 이것만으로 납득을 해주는 건 다행이었으나 기분은 미묘했다.

"게다가 이 아이들이 있어서 걱정 없어요."

조금 생각한 뒤 나는 곰돌이와 곰순이를 소환했다.

곰돌이와 곰순이를 보더니 라비라타는 재차 놀란 표정을 지었다.

"소환수인 곰이라…… 강한가?"

"강하죠. 게다가 마물들이 오면 알려줘서 위험도 없어요."

라비라타는 곰 하우스, 곰돌이, 곰순이를 보더니 마지막으로 내 쪽으로 시선을 옮기고 웃음을 흘렸다.

"사냐 녀석은 이상한 녀석을 데려왔군."

처음으로 라비라타가 웃는 얼굴을 보였다.

"알았어. 촌장의 허가가 있으니 상관하지 않겠다. 하지만 무슨 일이 생겼을 경우엔 우리 엘프들은 책임지지 않을 거야. 그것만은 말해두지."

마을에서 떨어진 곳에 집을 세웠으니 자기 책임이다. 그것을 마물에게 습격을 당했다고 해서 엘프들의 탓으로 돌릴 생각은 없다.

"네, 괜찮아요. 무슨 일이 있어도 책임을 떠넘기지 않을게요."

내 말에 납득을 한 것인지 라비라타는 마을 쪽을 바라봤다.

"그러고 보니 이름을 말하지 않았군. 나는 라비라타, 지금은 결계 내부의 감시자 역할을 하고 있다. 만약 마물이 나온다면 보고해 줘, 바로 대처하지."

뭐가 어쨌든 신경 써주고 있는 모양이다.

"저는 유나예요. 당분간 신세 질게요."

사냐 씨에게 이름을 들어서 알고 있었지만 서로 자기소개를 해두었다.

241 곰 씨, 피나에게 연락하다

라비라타가 돌아가려고 한 순간 곰돌이와 곰순이가 살짝 얼굴을 들고 「크~응」하고 울었다.

왜 그래?

나는 곰돌이와 곰순이가 보고 있는 쪽으로 시선을 보냈다.

하늘에 검은 점이 보였다.

움직이는데?

새?

곰돌이와 곰순이가 반응한다는 것은 마물?!

나는 탐지 스킬을 사용했다.

마물의 반응이 나타났다. 마물의 종류는 볼까마귀.

독수리보다 한 단계 더 큰 새의 마물.

이동속도가 빠르다. 마릿수는 열 마리.

"왜 그러지?"

내 반응이 이상한 것에 눈치를 챈 라비라타가 말을 걸어왔다.

"마물들이 오고 있어요."

내가 손가락으로 가리키자 라비라타도 눈을 옮겼다.

"오르발 산……. 설마 볼까마귀인 건가!"

라비라타가 내가 가리킨 쪽을 바라보며 외쳤다.

분명 볼까마귀가 날아오는 방향에는 산이 있었다.
그렇다는 것은 저 산이 볼까마귀의 서식지구나.
"결계는?!"
"저 거리라면 이미 내부에 있는 거야!"
볼까마귀는 이미 모습을 파악할 수 있을 정도로 가까이 와 있었다.
특징인 적색의 부리까지 확인이 가능했다.
게임에서는 부리에 독이 있었고, 중독되면 마비에 걸려서 움직일 수 없게 되는 조금 성가신 마물이었다.
"너는 숨어 있어!"
라비라타는 내게 지시를 내리고 볼까마귀를 노려봤다.
"공격해오는 거예요?"
이대로 다른 방향으로 날아갈 가능성도 있었다.
"저 녀석들은 우리 엘프들을 공격한다. 그러니 몸을 낮춰."
라비라타가 말한 대로 볼까마귀는 활강하며 다가오고 있었다.
심지어 속도를 올리고 있었다. 라비라타는 준비를 하고 다가오는 볼까마귀를 요격했다.
나는 라비라타의 뒤에서 몸을 숙인 뒤 그를 돕기로 결정했다.
마물이 다가오는데 도망칠 수는 없었다. 하지만 라비라타가 싸우는 것을 방해할 생각도 없었다.
볼까마귀를 라비라타의 바람의 칼날이 공격했지만 무리지어 날고 있던 볼까마귀는 흩어져서 라비라타의 바람 마법을 피했다.

볼까마귀는 우리를 노리고 사방에서 공격을 해왔다.

"나는 신경 쓰지 마요!"

나는 소리치고 내게로 날아오는 볼까마귀에 대처했다.

라비라타는 아주 잠깐 나를 보더니 「알았다」라는 한마디 말만 했다.

나는 내게로 들이닥치는 볼까마귀를 향해 라비라타처럼 바람의 칼날을 날렸다. 볼까마귀는 피하려고 했지만 조금 전 라비라타의 마법과는 달리 거리는 가까웠고 속도도 더 빨랐다. 피할 수 없는 타이밍이었다.

내 바람의 칼날은 볼까마귀의 몸을 반듯하게 두 동강 냈고 접근하는 볼까마귀를 차례차례 쓰러트렸다.

라비라타 쪽도 몇 마리 쓰러트린 듯했지만 몇 마리의 볼까마귀가 도망쳤다.

라비라타는 바람의 마법을 날렸으나 볼까마귀에게는 닿지 않았다.

"젠장!"

라비라타는 분한 듯이 도망쳐가는 볼까마귀를 바라봤다.

라비라타는 자세를 풀고 내 쪽을 바라봤다.

"덕분에 살았어. 볼까마귀를 쓰러뜨려줘서 고맙다."

"하지만 몇 마리는 도망친 걸요."

"나 이외에도 경비하고 있는 사람들이 있으니까 괜찮다. 볼까마귀 정도라면 기습을 당하지 않는 이상 무찌를 수 있지."

확실히 마법만 명중한다면 쓰러뜨리지 못할 마물은 아니었다. 마법을 사용할 수 없는 사람에게는 골치 아픈 마물이지만 마법을 쓸 수 있는 엘프라면 문제 없는 모양이다.

"나는 보고할 겸 마을로 한 번 돌아갈 건데, 너는 어떻게 할 생각이지?"

"여기에 남을게요."

"그렇군, 무슨 일이 생기면 마을로 와야 한다."

라비라타는 내게 그런 말을 남기고 폭포 아래로 가볍게 내려간 뒤 마을을 향해 달려갔다.

그 모습은 금방 숲 속으로 사라졌다.

남은 건 나와 곰돌이와 곰순이. 그리고 무찌른 일곱 마리의 볼까마귀가 지면에 떨어져 있었다.

이건 팔 수 있을까?

그것보다 내가 챙겨도 되나?

뭐, 나중에 넘기라고 하면 넘겨줘야지. 우선은 곰 박스에 볼까마귀를 담아뒀다.

나는 곰돌이와 곰순이를 꼬맹이화 시켜서 곰 하우스로 들어갔다.

역시 내 집은 편안해.

내가 소파에 앉자 좌우로 곰돌이와 곰순이가 뛰어들어 몸을 둥글게 웅크렸다.

집에 다른 사람이 없을 때 둘 만의 지정석이다.

나는 한 숨 돌린 뒤 곰 폰을 꺼내들고 피나에게 연락했다.

이 시간은 집에 있거나 고아원에서 티루미나 씨의 일을 돕고 있으려나.

피나는 좀처럼 받지 않았다. 피나에게는 다른 사람이 근처에 있으면 받지 말라고 이야기해뒀기 때문에, 어쩌면 주변에 누군가가 있을지도 모른다.

곰 폰을 끊으려고 한 순간, 곰 폰에서 피나의 목소리가 들려왔다.

『유나 언니?』

무사히 연결됐다.

그건 그렇고 이렇게 멀리 떨어져 있어도 잘 연결되네.

역시 신님의 치트 아이템이다.

원래의 세계라면 위성 전화도 있으니까 대부분의 장소와 연결이 된다. 하지만 곰 폰은 어떤 방식으로 연결되는 거지? 수수께끼가 많은 아이템이다.

"지금, 연락해도 괜찮아?"

『네, 괜찮아요. 청소랑 빨래가 끝나서 조금 쉬려고 하던 참이었어요.』

오늘은 집안일을 돕고 있었던 모양이다.

착한 아이야.

"그쪽에 별일은 없고?"

『네, 아무 일도 없어요. 유나 언니 쪽은 괜찮아요?』

"무사히 엘프 마을에 도착했어."

『다행이네요. 그렇지만 엘프 마을이라니, 저도 가보고 싶네요.』

"그러면 올래?"

곰 이동문을 사용하면 금방이다.

『갑자기 제가 가면 사냐 씨가 놀라실 거예요.』

확실히 그렇긴 하다.

그래도 다음에 올 때는 데리고 와야지. 그러려면 어딘가에 곰 이동문을 설치해야 했다.

"그러면 특별히 아무 일 없는 거지?"

『네, ……앗.』

피나가 무언가를 떠올린 듯했다.

"왜 그래? 무슨 일 있었어?"

『유나 언니가 떠난지 얼마 안 돼서 젤레프 아저씨랑 엘레로라 님이 오셨었어요.』

"젤레프 씨랑 엘레로라 씨가?"

엘레로라 씨가 남편이 다스리는 마을에 오는 것은 이상하지 않았다. 하지만 젤레프 씨까지?

"혹시, 나를 찾았어?"

그 정도로 밖에 이유가 생각나지 않았다.

『유나 언니를 못 만나서 아쉬워하시긴 했지만, 유나 언니네 가게를 보러 오셨던 모양이에요.』

"가게?"

『네, 시찰이라는 말을 하는 것 같았는데요? 두 분 모두 「곰 씨 쉼터」랑 「곰 씨 식당」에서 식사를 하셨거든요.』

아, 그러고 보니 한 번 쯤 크리모니아에 있는 내 가게를 보고 싶다고 말했었는데, 그걸 위해서 온 걸까.

"그래서 뭐라고 했어?"

『엄청 맛있다며 칭찬하셨어요.』

그건 모린 씨가 만든 빵이기도 하고, 네린도 열심히 케이크 만드는 연습을 하고 있어서 그렇다. 아이들도 열심히 돕고 있다. 안즈의 요리도 맛있고……. 내 가게의 요리가 전부 맛있는 건 당연하다.

『그리고 가게에 장식되어 있는 곰 인형들을 보고 웃으셨어요.』

웃다니, 실례인데.

곰 씨의 쉼터니까 곰이 있는 건 당연하다.

게다가 손님들에게도 인기 있고 갖고 싶어 하는 사람들도 많다고 들었다.

"그러면 젤레프 씨와 엘레로라 씨가 와서 모두들 놀랐던 거 아냐?"

『네, 어머니가 굉장히 놀라셨어요.』

"다른 사람들은?"

『엘레로라 님이 귀족이라는 건 비밀로 하라고 하셔서 알고 있는 건 어머니랑 저랑 슈리, 세 명 뿐이었어요. 평소의 가게 모습을 보고 싶으셨던 것 같아요.』

"피나는 괜찮았어?"

『놀라긴 했지만 어머니 정도는 아니었어요.』

피나도 점점 귀족을 대하는 것에 면역이 생기는 걸까?

예전에는 귀족을 상대하게 되면 긴장했었는데…….

뭐, 최근엔 노아와 함께 있는 일도 많아진 것 같고, 미사의 생일 파티에도 참가했으니 피나도 조금은 강해진 모양이다.

그에 비해 티루미나 씨는 귀족과 얽히는 일이 거의 없으니까 만나면 놀라겠지.

"그래도 갑자기 오다니, 연락 정도는 해주면 좋은데."

『유나 언니를 놀라게 할 생각이셨나 봐요.』

확실히 갑자기 두 사람이 나타나면 놀랐을 것이다.

두 사람과는 만나고 싶었지만, 놀라지 않고 넘어가서 다행인 것 같은 미묘한 감정이 들었다.

『그래서 아쉬워하셨어요.』

엘레로라 씨의 아쉬워하는 표정이 떠올랐다. 다음에 만났을 때 무슨 말을 들으려나?

"그래서, 젤레프 씨랑은 돌아가셨어?"

『네, 이틀 정도 머무르셨는데 곧바로 왕도로 돌아가셔야 한다고 가셨어요.』

정말로 가게 시찰만을 위해 왔나 보다.

『유나 언니에게 안부 전해달라고 하셨어요.』

"그 외엔 별다른 일 없었지?"

『으음, 딱히 없어요.』

피나는 조금 생각하더니 대답했다.

그런 뒤 잡담을 나누고 통화를 마쳤다.

그런 일이 있었으면 피나 쪽에서 연락을 해주면 좋았을 텐데.

하지만 연락을 받았어도 할 수 있는 일이 없었을 것이다.

사냐 씨와 루이밍 앞에서는 곰 폰을 사용할 수 없고 크리모니아로 돌아갈 수도 없었다.

그리고 숨어서 곰 폰을 썼다 한들, 그 상황에서 피나에게 이것저것 지시하는 것도 이상하다. 그러니 이렇게 끝난 게 다행일지도 모른다.

242 곰 씨, 마물 토벌을 돕다

다음 날 아침, 곰돌이와 곰순이의 톡톡 공격으로 일어난 나는 마을로 향했다.

그 도중에 볼까마귀 세 마리와 조우했고 아이들이 공격 당하면 큰일이니까 삭 해치웠다.

으음, 이렇게 결계 내부에 마물이 있는 걸 보면 결계가 역할을 다하지 못하는 것이리라.

애초에 결계가 약해져 간다는 건 어떤 상황인 걸까?

게임이나 만화에서는 몇 가지의 패턴이 있다.

결계가 촘촘하게 엮여 있는 것처럼 되어 있어서 힘이 약해지면 틈이 커지게 되고 작은 마물들이 들어온다든가, 혹은 결계의 일부가 약해져서 그 부분의 결계가 사라진 뒤 그곳으로 마물들이 들어오는 경우였다.

뭐, 안다고 해서 대처가 가능한 건 아니지만 현대인이라 판타지의 설정이 궁금해진다.

그런 생각을 하면서 마을에 도착했는데 조금 소란스러웠다

무슨 일 있나?

신경이 쓰여서 이야기가 들려오는 쪽으로 귀를 기울였다.

내용을 엿들어 보니 마을 근처까지 마물들이 접근했다고 한다.

나도 마을까지 오면서 볼까마귀를 쓰러뜨렸는데 그 외에도 더 있었던 모양이다.

이 상황에서 나는 괜찮은 거겠지?

옛날이야기 같은 데서는 외지인이 마을에 찾아온 뒤 불길한 일들이 일어나고, 모두 외지인의 탓이 되는 경우가 많았다.

곰이 와서 마물들이……, 곰이 와서 결계가……라는 상황이 되면 곤란하다.

그런 걱정을 하며 마을을 걷는데 아이들도 어른들도 평소처럼 인사를 해주었다.

쓸데없는 걱정이었던 모양이다.

만화나 소설의 전개를 떠올리면서 걷는데 사냐 씨와 라비라타의 모습을 발견했다.

"사냐 씨, 잘 주무셨어요?"

"유나, 안녕."

"어디 가시는 길이에요?"

"마을 근처까지 마물들이 들어온 모양이야. 그래서 싸울 수 있는 사람들을 할아버지 집으로 불러들이고 있어."

"저도 같이 가도 돼요?"

마물 토벌이라면 도울 수 있다.

조금이라도 호감도를 올려두는 편이 미래를 위해서도 좋다.

"으음, 손님인 유나에게 도움을 받는 건……."

"상관없어."

사냐 씨와 라비라타의 대답이 갈렸다.

"유나의 힘도 빌려야 돼."

"라비라타?"

사냐 씨가 놀란 듯 옆에 있는 라비라타를 바라봤다.

"하지만 다른 사람들이……."

"손님의 손을 빌리고 싶지 않은 너의 기분도 이해하지만, 지금은 그런 말을 할 상황이 아니야. 그리고 마을의 촌장과 다른 사람들이 뭐라고 한다면 내가 책임을 지도록 하지."

"유나를 꽤 인정하고 있구나."

"어제, 같이 마물과 싸웠거든. 그리고 우리에게는 마물을 탐지할 수 있는 능력이 필요해."

사냐 씨는 라비라타의 말에 고민했다.

나와 라비라타를 번갈아 보며 생각했다.

"으음, 유나. 도와주면 고마울 것 같은데……."

물론 내 대답은 처음부터 정해져 있었다.

"물론 괜찮아요."

"유나, 고마워."

나의 도움을 받아들여 준 사냐 씨와 라비라타와 함께 무무르트 씨의 집으로 갔다.

볼까마귀 정도의 마물 퇴치라면 힘든 일도 아니다. 게다가 루카와 마을의 아이들이 공격을 당하면 큰일이다.

무무르트 씨의 집에 도착해 방 안으로 들어갔다.

방 안에는 무무르트 씨를 시작으로 몇 명의 엘프가 있었다. 나를 본 무무르트 씨가 사냐 씨에게 시선을 옮겼다.

"어째서 손님인 아가씨가 있는 거지?"

"내가 불렀어, 촌장."

"라비라타?"

"내가 유나의 힘을 빌려야 한다고 생각했다. 유나의 곰의 힘을 사용한다면 마을 근처에 마물이 오는 것을 바로 알 수 있지."

라비라타의 말에 주위에 있던 엘프들이 놀랐다. 개중에는 「필요 없겠지」, 「손님에게 도움을 받다니」라는 목소리도 들려왔다.

"이건 우리들 엘프의 문제야."

"그런 말을 했다가 아이들이 다치면 어쩔 셈이지? 놀다가 다치는 것과는 이야기가 달라. 최악의 경우엔 죽을 수도 있다."

라비라타의 「아이가 죽는다」라는 발언에 무무르트 씨를 포함한 다른 엘프들도 입을 닫았다.

"너의 의도는 알겠어. 하지만 곰 아가씨는 그래도 괜찮은가? 우리는 큰 답례를 할 수 없다네."

"답례는 필요 없어요. 사냐 씨에게는 신세를 지고 있는 걸요. 제가 할 수 있는 일이라면 도울게요."

사실은 신성수를 보고 싶다든가, 영구적인 곰 하우스 설치와 엘프에게 전해지는 팔찌 만드는 법을 배우고 싶다든가, 여러 가지 있었지만 여기서는 꾹 참기로 했다.

만약 해결 후에 다시 물어보면 그때 부탁해도 되니까.

실제로 도움이 된 후에 부탁하는 편이 더 쉽다.

비겁한 게 아니야, 교섭이야.

거절당하면 깨끗하게 포기할 생각이니까…….

"그렇군, 고맙네. 어제 라비라타에게 보고를 받았을 때 아가씨의 곰에게 도움을 받으면 좋을 거라 생각했다네."

혹시 내가 아니라 곰돌이랑 곰순이의 탐지 능력을 빌리고 싶다는 이야기인가?

마을 촌장인 무무르트 씨가 그렇게 말하자 다른 사람들도 무무르트 씨의 의견을 따랐다.

"그러면 모두 모였으니 지금 이 마을에 일어나고 있는 일에 관해 이야기하도록 하지."

무무르트 씨는 그렇게 말한 뒤 신성수에 관해 설명하기 시작했다.

"신성수가 기생수에 뒤덮여서 결계의 힘이 약해지고 있네. 그 탓에 마물들이 결계 안으로 들어오는 거고."

무무르트 씨의 말을 듣고 한 엘프가 발언했다.

"그렇지만 결계 밖이라 해도 이렇게 많은 마물을 본 적은 없어."

"신성수에 다가가기 위해 모여든다고 생각하네. 그러니 신성수가 기생수에게 완전히 잠식되어버리면 지금 이상으로 마물들이 모여들 거야. 그렇게 된다면 마을은 지금보다 더 위험해지게 되겠지."

무무르트 씨가 설명하자 소란스러워졌다.

"모두에게는 사태의 원인인 기생수의 토벌을 부탁하네. 그걸 위해서 전체 결계를 풀 거야. 그러니까 우선은 이 숲에 들어와 있는 마물들을 처리해야 해."

반대 의견은 나오지 않았고 모두들 무무르트 씨의 말에 수긍했다.

무무르트 씨가 이야기를 하고 있는데 달려오는 발소리가 들렸다.

방 안에 엄청난 기세로 청년 엘프가 들어왔다.

"크, 큰일이에요! 마물 무리가 숲의 결계 부근에 모여들고 있어요!"

"뭐라고!"

청년의 말에 모두가 놀란 얼굴을 지었다.

"사냐, 확인을!"

무무르트 씨가 사냐 씨를 향해 소리쳤다. 사냐 씨는 고개를 끄덕이고 창가로 달려가 왼쪽 팔을 내밀었다.

그러자 팔찌 부근에서 매로 보이는 새가 출현한 뒤 사냐 씨의 팔에 올라탔다.

"부탁할게."

사냐 씨가 새에게 말을 하자 새는 날아갔다.

지금 새는 뭐지? 팔찌에서 나왔지?

설마 내가 모르는 엘프의 숨겨진 비밀 기술?

"사냐 씨, 지금 그건 뭐죠?"

궁금해서 물어봤다.

"내 소환조(召喚鳥)를 말하는 거라면, 유나의 곰 소환수랑 같아."

사냐 씨도 소환을 할 수 있었구나.

심지어 새라니.

그런데 지금까지 가르쳐주지 않았다니…….

캐묻고 싶었지만 지금은 그럴 상황이 아니라서 참았다.

"사냐, 상태는 어떻지?"

"오르발 산 쪽에서 꽤 많은 수의 볼까마귀가 날아오고 있어요. ……그리고 울프 무리가 결계 밖을 어슬렁거리고 있고요."

사냐 씨가 눈을 감고 상황을 설명했다.

혹시 이건 게임이나 만화에서 나오는 소환수의 눈을 통해 정찰하는 스킬일까?

사냐 씨가 여자니까 망정이지, 이걸 남자가 갖고 있었다면 목욕하는 걸 엿보는 건 아닌지 의심했으리라.

"그렇다면 아직 결계 안에는 들어오지 않은 거군."

"네, 지금은 결계 밖을 어슬렁거리고 있어요."

사냐 씨가 새의 눈을 통해 보고 있는 장면을 보고했다.

편리한 소환조였다.

나도 곰돌이와 곰순이가 보는 경치를 볼 수 있으면 좋을 텐데.

"잠깐만요, 울프 주변에 타이거 울프도 있어요."

"울프만으로도 골치 아픈데……."

"그래서, 어쩌죠?"

"물론 토벌해야지. 그래서 자네들을 모았지 않은가. 그룹은 평소대로 나누고 사냐는 지도에 마물이 있는 장소를 표시해줘."

무무르트 씨의 지시대로 모두가 움직이기 시작했다.

누군가가 마을 주변의 지도를 펼쳤고 사냐 씨는 마물의 위치를 표시했다. 그것을 보고 무무르트 씨가 지시를 내렸다.

"촌장님, 마을에 사람을 남겨놓지 않아도 되는 건가요?"

"나와 사냐, 그리고 전달책으로 두 사람 정도 남도록 하지. 마물의 수가 생각보다 많아. 사람 수를 늘려서 서둘러 토벌하도록."

"게다가 유나가 있으니까 괜찮아요."

"저런 이상한 여자에게 마을을 맡겨도 되는 건가?"

엘프 중 한 명이 불안한 듯 말했다.

"볼까마귀 정도는 유나에게 맡겨도 돼. 걱정되면 마을에 한 마리도 다가오지 못하도록 노력해."

엘프 중 한 명이 나를 보고 불안해하니 라비라타가 옹호해주었다.

사냐 씨와 라비라타가 그렇게 말하자 다른 엘프들은 아무런 말도 하지 않았다.

왠지 라비라타가 나를 많이 신뢰하고 있는 것 같은데 기분 탓인가?

볼까마귀를 같이 쓰러뜨렸을 뿐인데…… 아니면 모르는 사이에 신뢰도가 오르는 이벤트를 했나?

"무슨 일이 생기면 연락하지. 그때까지는 각자 지시를 따르도록."

엘프들은 무무르트 씨의 지시대로 토벌을 하러 나섰다. 무무르트 씨와 사냐 씨, 그리고 두 명의 엘프가 남았다. 두 사람은 연락책이 되는 건가?

"저는요?"

"아가씨의 곰은 마물들이 다가오는 것을 안다고 했지?"

"사냐 씨처럼 멀리까지는 알 수 없지만요."

"그런 거라면 사냐에게는 결계의 경계선을 보도록 할 테니까 마을 근처에 마물들이 오거든 알려주게."

나는 곰돌이와 곰순이를 소환했다.

"곰돌아, 곰순아. 마을 근처에 마물들이 오면 알려줘."

"""크~응."""

이것으로 안심이다.

사냐 씨는 눈을 감고 있었다.

주위를 확인하고 있는 거겠지. 가끔 무무르트 씨에게 보고했고 무무르트 씨가 방에 남아 있던 엘프에게 지시를 내렸다.

"순조롭네요."

"이것으로 마물들을 전부 쓰러뜨릴 수 있다면 신성수만 남겠군. 사냐, 나는 마을을 돌아보고 올테니 무슨 일이 생기면 연락하거라."

"알았어요."

"아가씨, 미안하지만 같이 와줄 수 있겠나? 마을 근처로 마물들이 다가오면 알려주게."

"나 혼자만으론 전부 파악할 수 없어서 유나가 마을 근처를 확인해주면 큰 도움이 될 거야."

뭐, 혼자서 결계 전부를 확인하는 건 힘들다.

놓치는 부분도 있겠지. 내 역할은 사냐 씨와 마을 사람들이 놓쳐서 마을로 다가오고 있는 마물을 쓰러뜨리는 일이다.

243 곰 씨, 마을을 순찰하다

무무르트 씨와 마을 안을 순찰했다. 그런 우리들의 옆을 곰돌이와 곰순이가 걷고 있다.

"저는 마을에 다가온 마물을 토벌하면 되는 건가요?"

"마물을 처리하는 건 내가 하지. 곰 아가씨는 마물들이 오는 것을 알려주기만 하면 된다네."

신경 써주는 거겠지만 어쩐지 성가신 기분이 들었다.

무무르트 씨로서는 사냐 씨처럼 내게 폐를 끼치고 싶지 않은 모양이지만, 마물을 발견하면 파팟 하고 무찌르는 편이 빨랐다.

무무르트 씨는 턱을 쓰다듬으면서 곰돌이와 곰순이를 보고 있었다.

"둘 다 마물이 오면 알려주게나."

그렇게 곰돌이와 곰순이에게 부탁했고 나는 탐지 스킬을 사용해서 주변을 확인했다.

마을 주변에 마물의 반응은 없었다.

마물들이 모여 있는 장소는 탐지 스킬의 사정거리 밖인지 지금은 확인할 수 없었다.

얼마나 있는지 확인해보고 싶었지만 무리였다.

결계가 꽤 넓은 걸까?

나와 무무르트 씨, 곰돌이와 곰순이는 마을 안을 둘러봤다.

우리를 발견한 사람들이 인사를 해주었다.

어른들은 무무르트 씨에게, 아이들은 곰돌이와 곰순이에게 인사를 했다.

무무르트 씨는 만나는 주민들에게 마물이 마을 근처까지 다가올 수 있다며 마을에서 벗어나지 않도록 말했다.

마을 안을 걷고 있는데 맞은편에서 루이밍이 루카의 손을 잡고 다가왔다.

"할아버지, 유나 씨!"

루이밍은 우리를 발견하고 달려왔다. 루카는 곰돌이와 곰순이를 향해 달렸다.

"두 사람 다 무슨 일이야?"

"마을 밖으로 나가려고 했는데 저지당했어요."

"미안하지만 오늘은 마을 밖으로 나가지 말거라."

무무르트 씨는 상황을 간단하게 설명했다.

이미 마물에 대해 알고 있던 두 사람은 순순히 수긍했다.

"그런데 할아버지랑 유나 씨는 왜 같이 있는 거예요?"

내 쪽을 이상한 듯 바라봤다.

내가 무무르트 씨와 함께 있는 것이 이상하게 느껴진 모양이다.

"이 아가씨의 곰에게 도움을 받아서 마을 주변을 경계하고 있었단다."

무무르트 씨는 곰돌이와 곰순이를 바라보며 설명했다.

그 곰들을 쓰다듬고 있는 루카의 모습이 보였다.

"할아버지, 저희도 같이 있어도 돼요?"

아무래도 루카가 곰돌이와 곰순이의 등에 타고 싶어 하는 것 같았다.

그런 루카를 루이밍이 알아차린 걸까?

무무르트 씨는 조금 고민했다.

"……무슨 일이 있거든 내 지시에 따라야 한다?"

"네!"

곰돌이와 곰순이의 등에 올라타려 하는 루카를 곰돌이에게 태우고, 루이밍은 곰순이에게 태운 뒤 순찰을 재개했다.

마을 안은 결계 밖에 마물들이 모이고 있다는 상황과는 정반대로 평화로웠다.

곰돌이와 곰순이의 반응도 없으니까 마을 안은 안전했다.

라비라타 일행이 마물을 확실하게 처리하고 있다는 거겠지.

루카 남매를 태우고 걷고 있는데 아이들이 모여들었다.

처음에는 무무르트 씨도 아이들에게 되도록 집에 있으라고 주의를 줬지만, 아이들이 루카와 루이밍을 부러워하며 바라보고 있자 집으로 돌아가라고 강하게 말할 수 없었다.

무무르트 씨는 「실패했군」이라고 작게 중얼거렸다.

하지만 「마을 밖으로 나가는 것보다는 나은가」라며 마음을 고쳤다.

평소에 이곳저곳을 많이 돌아다니는 아이들이라서 집에 있으라고 해도 그 말을 순순히 듣지 않는 아이들이 많았다.

어린아이란, 집 안에만 있으라고 해도 제멋대로 빠져나가는 존재다.

그렇다면 차라리 눈길이 닿는 곳에 있는 편이 나았다.

그것을 알고 있는지 무무르트 씨도 강하게는 말하지 않는다.

루이밍은 곰순이의 등을 아이들에게 빼앗긴 뒤 내 옆에서 걷고 있었다.

"아무래도 괜찮아 보이는데."

마을 확인을 다 마친 우리는 마을 중앙 광장 같은 곳에 도착했다.

곰돌이와 곰순이 쪽을 보니 아이들이 더욱 모여 들었다.

나도 밖으로 나가는 것보다는 낫다고 생각해서 그대로 두었다.

루이밍이 아이들을 착실하게 봐주고 있어서 곰돌이와 곰순이가 심한 장난을 당하는 일은 없었다.

내가 곰 박스에서 꺼낸 오렌의 과즙을 마시고 있는데 아이들도 마시고 싶어 해서 모두의 몫을 꺼내주었다.

"고맙습니다."

"고마워."

인사도 똑 부러지게 한다. 예절 교육이 잘 됐군.

곰돌이랑 곰순이와 아이들이 노는 모습을 보며 가만히 있었다.

…………너무 할 일이 없다.

할 일이 없다는 건 좋은 일이다. 마물이 오지 않는다는 건 싸움이 순조롭다는 증거였다.

무무르트 씨도 곰돌이랑 곰순이와 노는 아이들을 바라보고 있었다.

"아가씨의 곰은 점잖구만."

"뭐, 적대하지 않으면 난폭하지 않아요. 그러고 보니 사냐 씨도 새를 소환할 수 있었군요."

흐름에 따라 물어보기로 했다.

사냐 씨도 지금까지 입을 다물고 있었으니 알려주지 않을 수도 있지만 나로서는 처음 보는 소환수여서 궁금했다.

"아가씨의 곰과는 달리 마물의 인기척을 느끼진 못하지."

하지만 소환조가 본 것을 공유할 수 있다고 했다. 그건 대단하다. 하늘에서 내려다보면 많은 것이 보일 것이다. 그런 식으로 경치를 볼 수 있다는 점이 부러웠다.

산꼭대기에 무엇이 있는지도 손쉽게 볼 수 있다. 이동할 곳을 미리 정찰하는 것은 모험가에게 꽤 유리하다.

게다가 내 탐지 스킬에는 거리 제한이 있다. 만약 사냐 씨의 소환조에게 거리 제한이 없다면 내 탐지 스킬보다 유용하리라.

"많은 사람이 소환조를 가지고 있나요?"

"아니, 가지고 있는 건 사냐와 루이밍 두 명 뿐이네."

"저기, 루이밍도 소환조를 부를 수 있니?"

나는 의외의 사실을 들어서 근처에 있는 루이밍에게 물었다.

"으음, 네. 일단은……."

루이밍은 소환할 수 있다는 것을 인정했지만 목소리가 작았다.

"대단하네."

"그, 그렇지 않아요."

어쩐지 뒷맛이 깔끔하지 않다.

"저기, 보여줄 수 있어?"

밑져야 본전이라 생각하고 물어봤다.

그러자 루이밍이 작게 고개를 끄덕였다.

아무래도 보여줄 모양인가보다.

루이밍이 양 손을 앞으로 뻗고 마력을 모으자 손바닥에 병아리? 새끼 메추리? 가 나타났다.

"이 아이는 제 마력으로 성장하는데 제 마력이 부족한 건지 아직 언니처럼 크지 않아요."

하지만 작고 귀여운 병아리였다. 루이밍의 작은 손바닥 위에서 움직였다. 그리고 루이밍 쪽을 바라보더니 작게 울었다. 루이밍을 따르고 있다는 게 느껴졌다.

"귀여워."

"네, 귀엽긴 한데. 얼른 언니의 소환조처럼 컸으면 좋겠어요."

이 아이가 성장하면 사냐 씨 같은 소환조가 되는 건가.

곰돌이와 곰순이처럼 작게 만들 수 있다면 좋을 텐데 그건 무리겠지.

루이밍은 소환조를 송환했다.

그런데 어떻게 소환조를 손에 넣은 걸까?

물어보려고 한 순간 곰돌이와 곰순이가 고개를 들더니 「크~응」 하고 울며 하늘을 올려다봤다.

아이들도 같이 위를 바라봤다.

"저게 뭐야?"

아이 중 한 명이 손가락으로 그것을 가리켰다.

……엄청 크잖아.

하늘을 나는 마물이니까 볼까마귀일 거라고 생각했는데 아니었다.

커다란 새가 천천히 날고 있었다.

나는 탐지 마법을 발동시켰다.

……코카트리스라고 표시되어 있었다.

"코카트리스……."

내 말을 듣고 무무르트 씨를 포함한 루이밍과 아이들 모두가 놀랐다.

코카트리스는 새 같이 볏이 있으며 꼬리가 뱀처럼 가늘고 긴 것이 특징이다.

몸도 커서 골치 아픈 마물이다.

무엇보다도 날아다녀서 성가시다.

"루이밍! 아이들을 데리고 근처 집 안으로 숨어라!"

무무르트 씨가 소리쳤다.

"곰돌아, 곰순아, 모두를 부탁할게."

곰돌이와 곰순이는 아이들을 태운 채 움직이기 시작했다.

그 뒤를 따라 루이밍이 다른 아이들을 데리고 이동했다.

"아가씨도 도망치는 편이 좋겠네. 코카트리스는 내가 맡도록 하지."

"쓰러뜨릴 수 있어요?"

무무르트 씨는 코카트리스를 보고 침을 삼켰다.

"전에 쓰러뜨린 적은 있어. 예전과 비교하면 쇠약해졌지만 못 쓰러뜨릴 상대는 아니지."

예전이라면 몇 백 년 전의 이야기인가?

"저도 도울게요."

코카트리스는 우리를 향해 곧바로 날아오고 있었다. 지금 광장에는 우리만 있었다. 먹잇감이라고 생각했을지도 모른다.

코카트리스는 날개를 펄럭이며 하강해왔다.

"여기서 싸우시게요?"

넓다고는 해도 마을 안이었다.

이곳에서 싸운다면 틀림없이 피해가 발생할 것이다.

"가능하다면 마을 밖으로 유인하고 싶네."

무무르트 씨는 그렇게 말한 뒤 코카트리스를 향해 달려갔다.

무무르트 씨는 선수필승으로, 내려오는 코카트리스를 향해 바람의 칼날을 날렸다.

바람의 칼날이 코카트리스를 공격했지만 코카트리스는 날개를 펄럭이며 막아냈다.

하지만 이번 공격으로 코카트리스는 무무르트 씨를 적이라 인식했다.

"아가씨는 사냐가 있는 곳으로 가게!"

무무르트 씨는 마법을 날리면서 마을 밖으로 달렸다.

빠르다.

코카트리스는 따라가려는 듯 무무르트 씨의 뒤를 쫓았다.

내 행동은 정해져 있었다. 나는 무무르트 씨와 코카트리스의 뒤를 따라갔다.

244 곰 씨, 코카트리스와 싸우다 1

코카트리스 앞을 달리는 무무르트 씨는 빨랐다. 코카트리스도 하늘을 날아서 따라갔다. 나는 그 뒤를 쫓았다.

무무르트 씨는 가끔씩 코카트리스를 바람 마법으로 공격하며 능숙하게 유도했다.

하지만 어느 공격이건 데미지를 입힐 정도의 위력은 아니었다.

사실은 뒤에서 무방비한 코카트리스를 공격하고 싶은 마음도 있었으나 섣불리 공격했다가 마을로 다시 되돌아가게 되면 그것도 곤란했다. 그런 일이 벌어진다면 무무르트 씨가 유도하고 있는 것을 방해하는 꼴이 된다.

지금은 방해하지 않고 무무르트 씨와 코카트리스를 따라갈 뿐.

코카트리스는 무무르트 씨를 향해서 바람을 날리거나 깃털을 날렸다. 무무르트 씨는 바람의 방벽을 만들어서 막았다. 달리는 속도를 늦추는 일 없이 마을에서 서서히 멀어져갔다.

나무들을 활용하여 교란시키며 계속 나아가니 초원으로 보이는 탁 트인 장소가 나왔다. 무무르트 씨가 걸음을 멈췄고 코카트리스가 천천히 하강했다. 무무르트 씨는 코카트리스와 정면으로 대치했다.

분명 여기라면 넓어서 싸우기에 적당했다. 하지만 장해물이 없어서 몸을 숨기며 싸우기엔 불리한 지형이었다.

그러나 이번엔 도망칠 수 없었기 때문에 옳은 판단이라고 생각한다. 코카트리스가 무무르트 씨를 놓쳐서 마을로 돌아간다면 의미가 없었다.

코카트리스가 움직임을 멈춘 무무르트 씨를 향해서 날개를 펄럭이자 무수한 깃털이 무무르트 씨에게 날아들었다.

무무르트 씨는 바람 마법으로 방벽을 만들더니 그 벽보다 후방으로 뛰어 피했다.

뒤로 물러난 무무르트 씨는 태세를 갖추고 바람 마법을 날렸다.

검 모양을 한 바람이 코카트리스에게 날아들었지만 코카트리스는 날아서 피했다.

날아오른 코카트리스는 크게 날갯짓을 하여 소용돌이를 일으켰다. 무무르트 씨가 바람 마법을 만들어 상쇄시켰다.

오오, 호각을 이루는 싸움인데.

무무르트 씨, 멋있잖아.

무무르트 씨와 코카트리스의 공방이 계속됐다. 아차, 가만히 보고 있을 상황이 아니지. 호각이라는 건 질 가능성도 있다는 뜻이다.

지금의 나는 삼림의 출구에 있어서 코카트리스에게는 들키지 않았다.

코카트리스는 무무르트 씨와 대치하고 있어서 뒤가 무방비했다.

응, 이건 공격을 해달라고 말하는 것과 같은 거지.

나는 숲에서 빠져나온 뒤 곰 장갑에 마력을 모아 바람의 칼날을 만들어 냈다. 그리고 코카트리스의 무방비한 등을 향해 날렸다. 내 존재를 알아차리지 못한 코카트리스는 피하지 못했고 바람의 칼날이 등에 명중했다.

코카트리스는 광분해서 울음소리처럼 큰 소리를 냈다.

"아가씨! 왜 따라온 건가!"

무무르트 씨가 내 존재를 알아차리고 소리쳤다.

나는 신경 쓰지 않고 바람의 칼날을 계속 날렸다.

게임에서는 데미지를 줄 수 있을 때 끊임없이 공격하는 것이 상식이다.

하지만 코카트리스도 바보는 아니었다. 공격을 계속 맞아줄 생각은 없는지 곧바로 내 존재를 눈치채고 뒤로 돌았다. 그리고 날개를 크게 펄럭여서 검붉은 깃털을 날렸다.

저 깃털은 위험하다. 깃털에는 독이 있다.

나는 무무르트 씨처럼 바람의 방벽을 만들어 막았다.

"곰 아가씨!"

무무르트 씨가 코카트리스의 뒤에서 바람의 칼날을 날렸다.

코카트리스는 날개 짓을 하며 하늘 높게 날아올랐다.

으음, 평범한 공격으로는 안 되는 모양이다. 지금은 코카트리스의 소재 같은 건 생각하지 말고 곰 마법을 사용할 걸 그랬다.

나의 나쁜 습관이다.

“어째서 온 거야!”

무무르트 씨가 노려보며 달려왔다.

“역시 걱정이 돼서, 죄송해요.”

“무슨 말을 하는 게야! 도망쳐. 저 녀석은 내가 어떻게든 하마.”

“제 몸은 제가 지킬 테니까 괜찮아요. 그러니까 무무르트 씨는 저를 신경 쓰지 마시고 싸우세요.”

코카트리스가 상공에서 원을 그리듯 돌았다.

무무르트 씨는 코카트리스와 나를 번갈아 바라봤다.

“하나만 약속해다오. 무슨 일이 생기거든 무조건 도망쳐야 한다. 어린아이가 죽는 건 보고 싶지 않아.”

어린아이라니 무무르트 씨가 봤을 땐 그렇게 보이는 건가.

그렇다고 해서 내가 어른인 것은 아니다.

“무슨 일이 생기면 아가씨가 도망칠 시간 정도는 벌어줄 테니까 무조건 도망쳐야 돼.”

뭐지, 이 「내가 남을 테니 너는 도망쳐」 같은 전개는…….

나는 물론이거니와 무무르트 씨를 죽게 만들 생각은 없다. 누군가가 죽는다면 사냐 씨와 루이밍이 슬퍼할 거다.

우선 나는 무무르트 씨의 말을 받아들였다. 그리고 하늘을 나는 코카트리스를 올려다봤다. 코카트리스는 다시 천천히 날개 짓을 하면서 내려왔다.

그리고 배가 부풀어 오르기 시작했다.

이건!

"무무르트 씨, 움직이지 마세요!"

나는 소리친 뒤 곧바로 나와 무무르트 씨를 중심으로 360도에 바람의 방벽을 세웠다. 그와 동시에 코카트리스의 부리에서 보라색의 입김이 뿜어졌다.

독이었다.

게임에서 코카트리스가 내뱉는 입김 때문에 독에 걸렸던 것을 떠올렸다.

나는 코카트리스가 독을 다 뱉어내는 것을 보고 방벽을 확대시키며 주변의 독을 날려보냈다.

"아가씨, 덕분에 살았네."

무무르트 씨는 감사 인사를 하더니 코카트리스를 향해 달려갔다. 그리고 지근거리에서 바람의 칼날을 날려 코카트리스의 날개 일부를 잘라냈다.

코카트리스는 분노하며 독을 내뿜었지만 무무르트 씨는 바람을 일으켜 독의 입김을 반대 방향으로 보냈다.

독을 날려보낸 무무르트 씨는 그대로 공격을 가하려고 했다. 하지만 코카트리스는 날개를 펼친 채 회전했고 무무르트 씨는 회전에 휩쓸려 튕겨져 나갔다.

"무무르트 씨!"

"괘, 괜찮네."

쓰러진 무무르트 씨는 대답했다.

하지만 쓰러져 있는 무무르트 씨를 향해 코카트리스가 날갯짓을 해서 깃털을 날렸다.

나는 왼손으로 무무르트 씨의 앞에 바람의 방벽을 만들어 막아냈다.

바람의 칼날과 화염을 날렸지만 피하거나 튕겨냈다. 코카트리스는 내 공격에서 도망치려는 듯 하늘로 올라갔다.

으음, 역시 곰 마법이 아니면 안 되는 걸까.

하지만 섣불리 곰 마법으로 공격해서 코카트리스 근처에서 싸우고 있는 무무르트 씨가 휩쓸려 버리면 위험했다.

무무르트 씨는 의외로 방해되는 존재?

아무리 그래도 본인에게 「방해되니까 제게 맡기고 도망치세요」라고는 말 못한다.

"아가씨, 고마워."

그러면, 어떻게 하면 좋지.

"어떻게 하실래요? 힘드시면 제가 쓰러뜨릴게요."

"후훗, 코카트리스를 앞에 두고 그렇게 대담한 말을 하다니, 대단하군."

무무르트 씨는 몸을 일으키고 웃어보였다.

딱히 대담한 말을 한 게 아니라 진심인데…….

코카트리스는 하늘을 날면서 이쪽의 상황을 지켜보고 있었다.

"아가씨의 힘을 믿고 부탁을 하나 하지."

"뭐죠?"

"저 녀석이 내려오거든 하늘로 도망가지 못하도록 해주겠나."

"딱히 문제는 없어요."

"큰 기술을 날릴 테니까 휩쓸리지 않도록 주의해주게."

무무르트 씨는 내게서 떨어진 뒤 태세를 갖추고 마력을 양손으로 모았다.

왼쪽에 찬 팔찌가 빛나기 시작했다.

서서히 마력이 모이고 있는 것을 알 수 있었다.

그런 무무르트 씨에게 신경을 빼앗기고 있을 때 하늘에서 코카트리스가 깃털을 날렸다.

짜증나네.

그런 공격을 계속해도 의미 없었다. 바람의 방벽에 튕겨 나가서 깃털은 지면에 꽂혔다.

그런데 하늘에서의 공격은 비겁하잖아. 흠씬 두들겨 패서 떨어뜨리고 싶었다.

나는 달려나가서 그 기세를 이용해 높이 뛰어올랐다.

코카트리스 보다 높게 뛰었다.

이런, 너무 높이 뛰었잖아.

낙하 위치는 바람 마법을 쓰고 몸을 비틀어서 조정했다.

목표는 코카트리스.

오른발을 뻗으면서 낙하하자 곰 킥이 코카트리스의 등에 명중했다.

곰 킥을 당한 코카트리스는 지면을 향해 떨어졌다.

오오, 가능한 거였군.

지면으로 떨어진 코카트리스는 몸을 일으키려 했지만 무무르트 씨가 마법을 완성했다.

"아가씨, 휩쓸리지 말라고!"

무무르트 씨의 주위에 소용돌이 형태로 바람이 모여들었다. 그 바람을 손에 담아 날개를 펼치고 도망치려 하는 코카트리스에게 날리자, 거대한 바람의 칼날이 되어 코카트리스에게 날아들었고 한 쪽 날개를 잘라냈다.

오오, 대단해.

저 커다란 날개는 꽤 단단했다.

그것을 일격으로 잘라낸 것이다.

하지만 무무르트 씨는 분해보였다.

몸통을 두 동강 내려고 했었던 걸지도 모른다.

하지만 곧바로 무무르트 씨는 숨통을 끊기 위해 달렸다. 한 쪽 날개가 떨어져 나간 코카트리스는 하늘로 도망칠 수 없었다.

근거리에서 확실하게 숨통을 끊을 작정이리라.

코카트리스는 뱀처럼 긴 꼬리로 무무르트 씨를 위협했다. 코카트리스 꼬리의 움직임은 빨랐다. 무무르트 씨는 꼬리를 피했다. 코카트리스의 꼬리에는 독이 있어서 스치기라도 한다면 위험해질 거다. 보고 있는 것만으로도 오싹해진다.

내가 싸우는 건 곰 장비 덕분에 무섭지 않다. 하지만 다른 사람이 목숨을 걸고 싸우는 장면을 보면 무서워진다.

저 일격을 맞는다면 죽을 수도 있다. 하지만 무무르트 씨는 마을을 지키기 위해 싸우고 있었다.

코카트리스의 꼬리가 휘더니 무무르트 씨를 덮쳤다.

위험해! 라고 생각한 순간, 무무르트 씨가 팔을 아래로 휘둘렀다. 코카트리스의 꼬리가 잘렸다. 더 나아가 몸통을 베려고 했다.

무무르트 씨의 팔을 보자 바람 같은 게 휘감겨 있었다. 설마, 바람의 칼날?

코카트리스는 분노하며 보라색 입김을 토해냈고 무무르트 씨를 향해 부리를 들이밀었다.

무무르트 씨는 후방으로 뛰어 피했다.

아직 움직일 수 있는 거야?

날개가 잘리고, 꼬리가 잘리고, 몸통에서도 피가 흐르고 있었다. 더는 움직이지 못할 거라고 생각했다.

코카트리스가 토해낸 보라색 입김이 한 쪽 날개뿐인 코카트리스를 중심으로 퍼졌다.

틀림없이 독인데.

순간, 곰 옷이라면 독가스를 막아줄지도 모른다고 생각했지만 못 막을 경우를 생각하니 그런 위험한 실험은 할 수 없었다.

그렇다고 해서 이대로 독을 계속 내뿜게 내버려두면 주변에 피해가 발생하리라.

무무르트 씨는 바람을 날려 코카트리스가 내뱉는 독을 확산시켰다.

그리고 다시 간격을 좁힌 뒤 팔에 휘감겨 있는 바람의 칼날으로 코카트리스의 목을 잘라냈다.

오오, 대단해. 바람의 칼날, 지금 기술은 나도 시험해볼까.

이것으로 끝났다고 생각했을 때 내 시야 안으로 코카트리스가 보였다.

"무무르트 씨, 위험해요!"

옆에서 바람이 불어 무무르트 씨가 나가 떨어졌다.

"무무르트 씨!"

"괜찮네."

아무래도 바람의 방벽을 세워뒀던 건지 큰 부상은 입지 않은 모양이다.

나는 바람이 불어온 쪽으로 시선을 옮겼다. 그곳에는 새로운 코카트리스가 있었다.

그리고 분노한 듯 무무르트 씨가 쓰러뜨린 코카트리스 앞에 섰다.

……두 마리째.

새로운 코카트리스는 날개를 크게 펼치며 우리를 위협했다. 그리고 바람의 칼날을 날려 보냈다.

나는 그것을 피했다.

"아가씨는 떨어져 있어. 내가 싸우도록 하지."

싸우겠다고 해도 무무르트 씨는 많이 지쳐 있었다. 상태가 심각하진 않지만 싸울 수는 없을 것 같았다.

나는 마음속으로 곰돌이와 곰순이를 불렀다.

『곰돌아, 곰순아, 이쪽으로 와줘』

스킬, 곰의 텔레파시

떨어져 있는 소환수를 호출할 수 있다.

골렘을 토벌한 후에 얻은 스킬이었다.

나는 곰돌이와 곰순이에게 텔레파시를 보내고 무무르트 씨가 있는 곳으로 이동했다.

"움직일 수 있겠어요?"

"아가씨는 아르투르나 라비라타를 불러와주게. 사냐에게 물어보면 어디 있는지 알 거야."

그런 말을 들어도 새로운 코카트리스는 우리 쪽을 노려보고 있었다.

내가 도망치면 나를 쫓아올지도 모른다. 그러면 코카트리스를 마을로 데리고 가는 꼴이 된다.

코카트리스는 낮게 울더니 날개를 크게 펼쳤다.

부리에서 보라색 독이 새어나왔다.

분노하고 있었다.

크게 펼친 날개를 접음과 동시에 깃털들이 날아들었다.

곧바로 방벽을 만들어 막았다. 하지만 첫 번째 코카트리스의 공격보다 강해서 궤도가 크게 휘지는 않았다.

"아가씨, 나는 괜찮으니까 가게나. 시간을 끄는 것 정도는 할 수 있어."

무무르트 씨는 마력을 너무 사용한 탓인지 숨소리가 거칠어져 있었다.

이런 상황의 무무르트 씨를 두고 갈 수는 없었다.

게다가 도망쳐야 하는 사람은 내가 아니라 무무르트 씨였다.

그 후 코카트리스의 공격에서 무무르트 씨를 지키며 싸우고 있는데 곰돌이와 곰순이가 숲 쪽에서 뛰어왔다.

곰돌이와 곰순이는 곧장 내가 있는 곳으로 왔다. 그곳에 코카트리스가 깃털을 날려 보냈다.

나는 흙벽을 만들어 무무르트 씨, 곰돌이, 곰순이 셋을 지켰다.

"지금부터는 제가 싸우죠. 그러니 무무르트 씨는 마을에서 쉬고 있으세요."

"아가씨?"

무무르트 씨는 내 말을 이해하지 못한 것 같았다.

나는 무무르트 씨를 만진 뒤 전격마법을 약하게 사용했다.

"아, 아가씨, 도대체, 무슨……."

무무르트 씨는 한쪽 무릎을 꿇었다. 움직이려고 했지만 움직이지 못했다.

"곰순아!"

호출된 곰순이는 내가 있는 곳으로 와서 몸을 낮췄다.

나는 못 움직이게 된 무무르트 씨를 들어 올려 곰순이의 등 위에 태웠다.

역시 곰 인형 장갑이다. 성인 남성도 간단하게 들어 올리다니.

"뭐, 뭐하는 겐가."

소란을 피우는 무무르트 씨. 그러나 전격 마법의 영향으로 움직이지는 못했다.

"곰순아, 무무르트 씨를 마을까지 데려다줘. 부탁할게."

"크~웅."

곰순이는 내 명령에 따라 달려갔다.

무무르트 씨가 뭔가 말하려 했지만 무시했다.

자, 2라운드를 시작해볼까.

245 곰 씨, 코카트리스와 싸우다 2

나는 곰순이가 무무르트 씨를 태우고 달려가는 방향을 등지고 서서 코카트리스가 따라가지 못하도록 막았다. 나는 코카트리스에게 눈을 고정시킨 채 경계를 늦추지 않았다.

무무르트 씨를 따라가려고 하면 곧바로 공격을 할 수 있도록 태세를 갖춘다.

새롭게 나타난 코카트리스는 멀어져 가는 무무르트 씨에게는 눈길도 보내지 않고 부리에서 보라색 입김을 내뿜었다. 그리고 나를 노려보면서 으르렁 거리고 있었다.

그러면 무무르트 씨의 원수를 갚아 볼까(죽지는 않았지만).

나는 보랏빛 입김을 내뿜으면서 화가 나있는 코카트리스의 정면에 섰고 곰돌이를 뒤로 물렸다.

코카트리스는 으르렁거리며 날개를 크게 펼친 뒤 날갯짓을 해서 검붉은 깃털을 날렸다.

나는 흙벽을 세워서 깃털를 막았다. 깃털 공격이 멈추는 동시에, 벽 뒤에서 뛰쳐나가 코카트리스에게 공격을 가했다. 하지만 코카트리스는 하늘로 날아가버렸다.

나는 코카트리스를 향해 바람의 칼날을 날렸지만 코카트리스는 몸을 뒤집어 피했고 하늘에서 검붉은 깃털을 쐈다. 나는 뒤로 점프하여 그것을 피했다.

으, 역시 하늘을 나는 건 성가시다.

곰 비행술 같은 스킬이나 마법이 있다면 공중전이 가능해서 편할 텐데 그런 건 배운 적이 없었다.

하지만 날아다니는 곰이라. 상상만해도 초현실적이다.

곰 인형 옷차림만으로도 눈에 띄는데 이 모습으로 하늘을 날아다니면…… 다른 사람들에게 보이고 싶진 않네. 설령 사용할 수 있게 되더라도 남들 앞에서 날아다니는 건 피해야지.

쓸데없는 망상은 집어 치우고 상공을 날고 있는 코카트리스에게 집중하자.

자, 무무르트 씨도 없으니 얼른 코카트리스를 토벌하기로 할까.

나는 그다지 남에게 보이고 싶지 않은 마법을 사용했다.

더 이상 시간이 걸린다면 아르투르 씨와 라비라타가 와버릴지도 모른다.

나는 흰 곰 인형장갑에 마력을 모았다. 모여든 마력이 탁탁 하는 소리를 냈고, 금색의 전격이 흰 곰 장갑에 휘감긴 뒤 곰의 형태로 변해갔다.

하지만 이대로라면 하늘을 나는 코카트리스를 맞추기가 어렵다. 그래서 발사대를 만들기로 했다.

오른손에 바람을 모으자 검은 곰 장갑 주변에서 바람이 돌돌 모이더니 리볼버처럼 돌아가기 시작했다. 그 회전하는 바람 속으로 전격 곰을 세팅했다. 오른팔 주변을 전격 곰이 빙글빙글 돌았다.

나는 오른손을 들어 하늘을 날고 있는 코카트리스를 겨냥한 뒤 전격 곰을 발사했다.

전격 곰이 휘휘 고속 회전을 하면서 코카트리스를 향해 날아갔다.

빗나가도 상관없도록 연속으로 전격 곰을 발사했다.

코카트리스는 커다랗게 날개를 퍼덕이며 전격 곰의 궤도를 바꾸려고 했으나, 고속으로 회전하는 전격 곰은 코카트리스의 바람 방벽을 뚫고 들어가 코카트리스의 날개에 직격했다.

그리고 곧장 날개를 관통해버렸다.

생각보다 위력이 셌던 걸가?

실험할 때도 생각했지만 전격을 바람의 회오리로 고속 회전시키면 강화되는 것 같았다.

나머지 전격 곰들도 명중해서 코카트리스의 날개는 너덜너덜해졌다. 날개를 잃은 코카트리스는 추락하여 지면에 내동댕이쳐졌다.

코카트리스는 몸을 일으키고 날개를 크게 펼쳐 울부짖으며 나를 위협했다.

펼친 날개는 너덜너덜해졌고 여러 개의 구멍이 뚫려 있었다.

더는 날 수 없겠지.

코카트리는 나를 쏘아보고 부리에서 보라색 입김을 뿜어냈다.

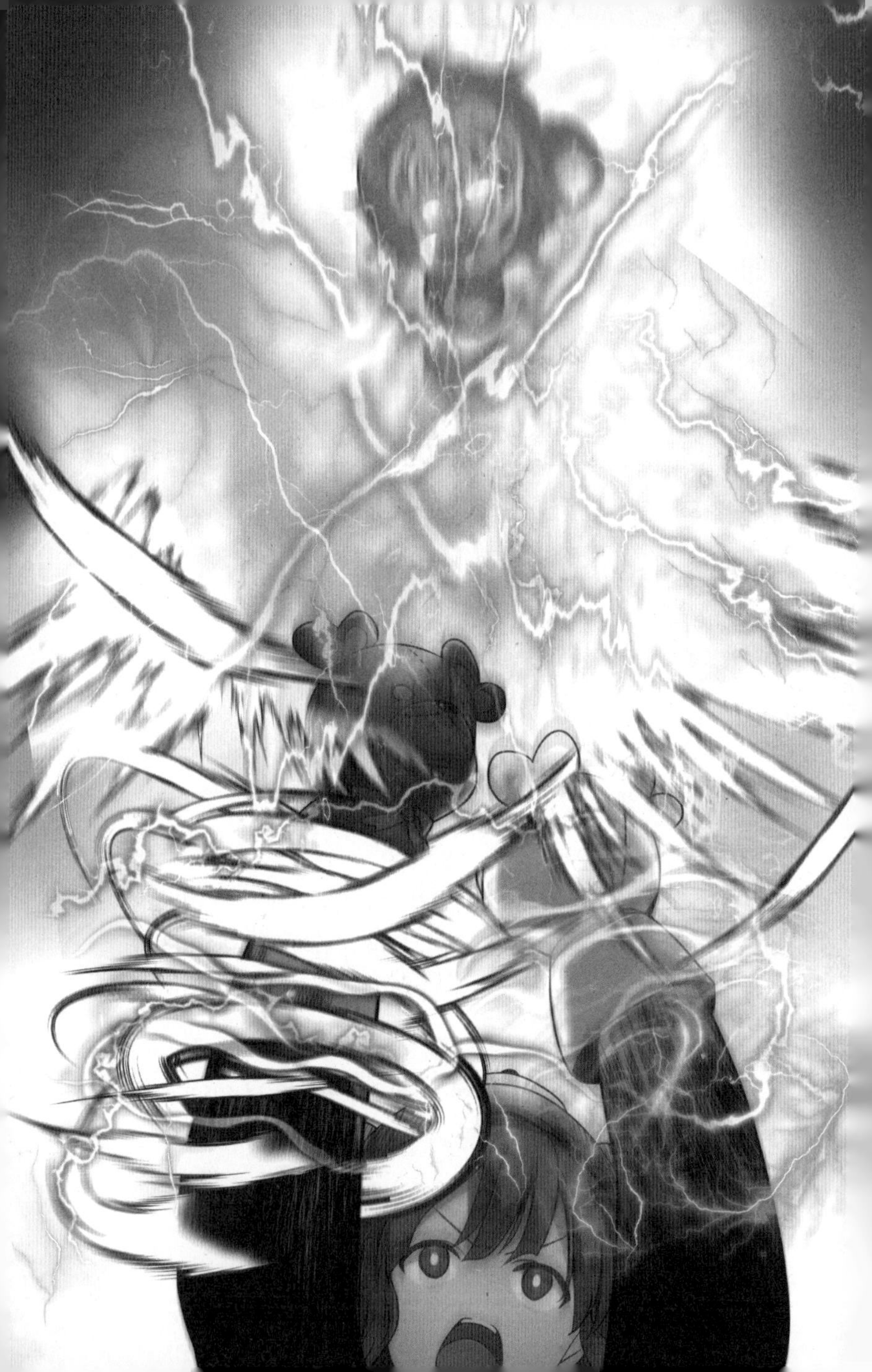

코카트리스에게는 미안하지만 이대로 내버려둘 수는 없기 때문에 마지막 일격을 가하기로 했다.

나는 곰 박스에서 검은 무늬의 나이프, 곰돌이 나이프를 꺼내 들고 검은 곰 장갑으로 감아쥐었다.

나는 코카트리스의 공격을 피한 뒤 빈틈을 파고들었다. 그리고 곰돌이 나이프에 마력을 모아 코카트리스의 목을 베었다.

미안.

코카트리스는 신성수에게 이끌렸을 뿐이겠지만 엘프에게 있어서는 위협이었다.

공격해온다면 쓰러뜨리는 수밖에…….

곰돌이 나이프에 목이 잘린 코카트리스는 쓰러졌다.

역시, 미스릴 나이프다. 참고로 검은 무늬의 미스릴 나이프를 곰돌이 나이프, 하얀 무늬의 미스릴 나이프를 곰순이 나이프라고 이름 지었다.

이번에야말로 끝났다.

곰돌이가 다가왔다. 곰돌이는 나를 지탱해주기 위해 옆쪽에 가까이 붙었다.

꽤 지친 것 같다.

특히 정신 쪽이 지쳤다.

흰 곰 인형 옷으로 갈아입고 자면 회복될까?

일단 코카트리스를 쓰러뜨릴 수 있었다.

코카트리스는 더 이상 나타나지 않겠지?

탐지 스킬로 확인해보니 코카트리스의 반응은 없지만 사람 몇 명이 엄청난 속도로 이동해오는 듯했고, 그 반응은 바로 근처까지 와 있었다.

반응이 있는 쪽으로 시선을 보내자 사냐 씨와 라비라타, 몇 명의 엘프가 숲 쪽에서 나타났다.

246 곰 씨, 사냐 씨에게 설명하다

사냐 씨, 라비라타를 포함한 몇 명의 엘프는 놀란 표정으로 우뚝 서 있었다.

"이건……."

사냐 씨 일행은 주변의 참상을 바라봤다.

무무르트 씨와 내 마법, 게다가 코카트리스가 휘몰아친 바람으로 지면은 엉망진창. 심지어 지면의 여기저기에 코카트리스의 검붉은 깃털이 꽂혀 있었다.

새삼 다시 보니 참혹한 상태긴 하네.

거기에다 코카트리스가 두 마리나 쓰러져 있고, 그 참혹한 상황 속에 곰 인형 옷을 입은 내가 서 있었다.

혼자 있었을 때는 몰랐는데, 이 장면을 제3자 시점에서 보면 말도 안 되는 상황처럼 보일 것 같다.

"사냐 씨, 어째서 여기에?"

설마 무무르트 씨에게서 이야기를 듣고 달려와 준 건가?

"할아버지께 이야기를 듣고 달려왔지."

웜과 마물 만 마리를 쓰러뜨린 것을 알고 있는데도 걱정해준 거구나.

"할아버지 말씀으로는, 할아버지가 도망칠 수 있도록 유나가 혼자 남아 코카트리스와 싸우고 있다고 하셨어."

딱히 무무르트 씨를 도망치게 하기 위해서 남은 건 아니었다.

다만, 그런 상황에서 여기에 있으면 곤란했을 뿐이다. 결코 걸림돌이라는 뜻은 아니다.

싸우는 모습을 보이고 싶지 않았을 뿐인걸.

"할아버지는 거의 울기 직전이었어. 유나가 마을을 위해서, 자기를 위해서 죽었을지도 모른다면서."

멋대로 죽이진 말아주시죠.

무무르트 씨의 생각 속에서는 내가 목숨을 걸고 무무르트 씨를 도망치게 한 것으로 되어 있는 모양이다. 「내가 남을 테니 너는 도망쳐」를 직접 했다고 생각하니 창피했다.

"그래서 서둘러 달려왔지."

"사냐 씨는 저에 관해서 알고 계시잖아요. 걱정은 필요 없어요."

"코카트리스가 상대라고 하면 당연히 걱정 되지. 사소한 실수로 독에 걸리면 큰일 난다고."

분명 독은 귀찮긴 했다.

곰 장비로 시험해보지 않은 건 무섭다.

하지만 곰순이는 무무르트 씨를 마을까지 옮겨다준 모양이네. 돌아오면 칭찬해줘야겠어.

"그래서 도중에 만난 라비라타랑 같이 달려온 거야."

사냐 씨는 시선을 다시 코카트리스로 돌렸다.

다른 엘프들은 쓰러져 있는 코카트리스를 보면서 어떻게 반응해야할지 고민하고 있었다.

"정말로 혼자서 코카트리스를 쓰러뜨린 건가?"

라비라타가 다른 엘프를 대표해서 질문했다.

사냐 씨는 나에 관해 알고 있어서 그런지 코카트리스를 쓰러뜨린 것을 믿고 있는 듯했지만, 다른 엘프들은 아무래도 믿기지 않는다는 얼굴을 하고 있었다.

뭐, 곰 인형 옷을 입은 여자아이가 코카트리스를 쓰러뜨렸다고 한들 믿는 사람은 없겠지.

하지만 전격 마법을 사용하는 장면은 들키지 않아서 다행이다. 만약 전격 마법이 이 세계에 존재하지 않는다면 설명도 불가능하고 귀찮아질 참이었다.

"쓰러뜨리긴 했지만 딱히 믿지 않으셔도 돼요."

설명이 불가능하기 때문에 믿어주지 않는다고 해도 딱히 상관없었다.

두 명의 엘프가 코카트리스에게 다가가 확인을 하고 있었다.

"아니, 이 상황을 보고 믿지 않을 수는 없다만……."

머리로는 이해를 해도 납득을 할 수 없는 모양이다.

"참, 한 마리는 무무르트 씨가 쓰러뜨렸어요."

무무르트 씨가 쓰러뜨렸다는 것엔 틀림없었다. 멋있었다.

"하지만, 그렇게 되면 나머지 한 마리는 유나가 쓰러뜨렸다는 이야기가 되겠네."

그건 부정할 수 없으므로 순순히 수긍했다.

"유나, 할아버지를 구해줘서 고마워. 아니, 마을을 구해줘서 고마워."

"유나, 감사한다."

사냐 씨가 감사 인사를 하자 라비라타와 다른 엘프들까지 감사 인사를 했다.

감사는 곰 하우스의 영구적인 설치로 대신해도 된다고 말하고 싶었으나 꾹 참았다.

"신경 안 써도 돼요. 마을을 구할 수 있어서 다행이에요."

내 말에 모두가 감동하고 있었다.

으, 이건 흑심이 있어서 그런지 죄악감이 차올랐다.

일단은 코카트리스 쪽을 신경 쓰기로 했다.

"코카트리스는 어쩔 거예요?"

마을로 돌아간다고 해도 쓰러뜨린 코카트리스를 이대로 방치할 수는 없지 않은가.

코카트리스의 소재는 지금으로선 필요하지 않지만 일단 전리품이었다.

"우선 이대로 둘 순 없으니까 아이템 봉투에 넣어도 돼요?"

"그렇네, 이대로 두진 못하지. 유나, 부탁해도 될까?"

사냐 씨에게 허락을 받아서 곰 박스에 코카트리스를 담기로 했다.

일단은 내가 쓰러뜨린 코카트리스에게 다가갔다. 코카트리스의 날개에는 다른 용도가 있을까?

몇 군데에 구멍이 뚫려있긴 해도 쥐어뜯은 정도의 양이다.

하지만 날개 끝에는 독성이 있단 말이지. 암살자가 아닌 이상 필요 없으려나.

코카트리스의 용도는 나중에 생각하기로 하고 곰 박스에 담았다.

사냐 씨와 곰 하우스가 나오는 걸 본 적 있는 라비라타는 그다지 놀라지 않았지만 다른 엘프들은 놀랐다.

개의치 않고 무무르트 씨가 쓰러뜨린 코카트리스도 담았다.

만약 코카트리스를 받게 된다면 피나에게 해체를 부탁해야겠다. 하지만 피나가 코카트리스를 해체할 수 있을까?

애당초 겨우 열 살인 여자아이에게 코카트리스의 해체를 부탁하는 건 조금 꺼려졌다. 독이 있으니까 위험할 수도 있다. 피나에게 해체를 부탁하기 전에 겐츠 씨에게 상담을 하는 것이 먼저겠지.

“그러고 보니 무무르트 씨는 괜찮나요?”

코카트리스를 담은 나는 전격으로 마비가 된 무무르트 씨에 관해 물었다.

엘프 사이에서 무무르트 씨의 나이가 많은 편인지는 모르겠지만, 나이 지긋한 분을 약한 전격으로 마비 시켜서 움직이지 못하게 만들어버렸다.

게다가 무무르트 씨는 마력을 너무 많이 써서 지친 상태였다.

괜찮았던 걸까?

하지만 그대로 두었다면 더 싸울 것 같았으니 어쩔 수 없지.

"집으로 옮겨드렸어. 그래서 말인데, 유나. 할아버지께 무슨 짓을 한 거야? 할아버지는 곰순이 위에서 움직이질 못하셨어."

"바람 마법을 너무 많이 쓰셔서 그런 거 아닐까요. 그래서 몸에 부담이 가서 움직이지 못하신 게 아니려나?"

그렇게 속여봤다.

"「곰 아가씨가 내 몸을 만지자마자 마비가 돼서 몸이 움직이지 않게 됐다」라고 하셨는데?"

설마 돌아가면 무무르트 씨에게 혼나는 장면이 기다리고 있는 건가?

"저기, 도망치시려고 하시질 않아서 마법으로 살짝―."

"살짝이라니……."

사나 씨가 어처구니없는 얼굴을 했지만 그 이상은 캐묻지 않았다.

"할아버지가 유나를 엄청 걱정하고 계셨어."

혼나는 게 아니라 걱정하는 장면이었던 모양이다.

만화나 소설에서는 「내가 남을 테니까 너는 도망쳐」는 사망 플래그니까 당연한 흐름이었다. 그 대사를 내뱉고 얼마나 많은 캐릭터가 죽었는가.

더욱이 내 실력을 알지 못하는 무무르트 씨가 걱정하는 건 무리도 아니었다.

“할아버지가 떨리는 손으로 내 손을 붙잡고 「곰 아가씨를 부탁하마」라는 말을 했다니까.”

어쩐지 상상하는 것만으로 생각하지 못한 상황이 된 것 같았다. 무무르트 씨를 만나면 고분고분 용서를 구하는 편이 나으려나. 걱정을 끼친 건 사실이니까.

“일단은 할아버지가 걱정하시고 계실 테니 마을로 돌아가자.”

그 말에 수긍했다.

언제까지나 이곳에 있을 수는 없어서 마을로 돌아가기로 했다.

걸어서 돌아가려고 하는데 곰돌이가 내 앞에 서서 허리를 낮춰 등을 내보였다.

“크~응.”

“고마워.”

내가 고맙다는 말을 건낸 뒤 곰돌이 등에 올라타니 곰돌이가 기뻐했다.

247 곰 씨, 마을로 돌아오다

마을로 돌아가자 곰순이가 달려왔다.

나는 곰돌이의 등에서 내린 뒤 곰순이의 머리를 쓰다듬어줬다.

"무무르트 씨를 옮겨줘서 고마워."

곰순이는 기쁜 듯 눈을 가늘게 뜨고「크~응」하고 작게 울었다.

그런 내 뒤에서는 사냐 씨가 코카트리스를 토벌했다는 이야기를 마을 사람들에게 전했고, 라비라타 일행이 토벌한 울프와 타이거 울프, 볼까마귀의 회수 지시를 내렸다.

쓰러뜨린 마물을 그대로 두면 그것들을 먹기 위해 다른 마물들이나 짐승이 접근해올 가능성도 있었다. 그러니 그대로 방치할 수는 없었다.

게다가 소재는 어딘가에 도움이 되니까 판다면 돈이 될 거다. 타이거 울프의 모피는 나도 갖고 싶었다.

"라비라타, 유나. 슬슬 할아버지께 보고하러 가자."

나도? 라고 말하고 싶었지만 가지 않을 수는 없겠지.

곰돌이와 곰순이를 송환하고 무무르트 씨의 집으로 향했다.

"할아버지, 들어갈게요."

여전히 집 주인의 대답을 기다리지 않고 집 안으로 들어갔다.

무무르트 씨 괜찮겠지? 전격 마법 때문에 몸져누우신 건 아니겠지? 기력을 잃을 정도의 위력은 아니었으니 괜찮을 거라 생각하지만…….

저번처럼 방으로 가자 무무르트 씨가 이불 속에 누워계셨다.

우리들의 인기척을 듣고 상체를 일으켰다.

아무래도 움직일 수 있는 모양이라 다행이다.

"곰 아가씨! 무사했군. 다행이야."

무무르트 씨는 내 존재를 알아보고 가장 먼저 나를 걱정해주었다.

"걱정 끼쳐드려서 죄송해요."

무무르트 씨에게 걱정을 끼쳤기 때문에 사과했다.

"아가씨가 얼마나 강한지는 모르지만 이번과 같은 짓은 더는 하지 말게나. 만약 아가씨가 죽기라도 한다면 평생 후회할 거야."

정말로 걱정을 끼친 모양이다.

"그래서 코카트리스는 어떻게 됐지?"

"쓰러뜨렸어요."

내가 아닌 사냐 씨가 대답했다.

"그렇군, 무사히 쓰러뜨릴 수 있어서 다행이야."

무무르트 씨는 코카트리스를 무찔렀다는 이야기를 듣고 안도의 표정을 지었다.

"두 사람 모두 수고가 많았네."

무무르트 씨의 머릿속에서는 사냐 씨네 일행이 코카트리스를 쓰러뜨린 것으로 되어 있는 모양이다.

그렇다면 그걸로 됐다.

내가 그런 생각을 하고 있는데 바보같이 솔직한 사람이 옆에 있었다.

"우리가 도착했을 때는 코카트리스가 이미 쓰러져 있었다. 우리는 아무것도 하지 않았어."

라비라타는 한 치의 표정 변화도 없이 설명했다.

입을 다물고 있어달라는 말은 하지 않았지만 분위기 좀 읽었으면 좋겠다.

"아가씨가…… 정말인가?"

라비라타의 말을 의심하듯 사냐 씨에게 다시 확인했다.

"저번에도 말씀드렸지만 유나는 이런 모습을 하고 있어도 우수한 모험가예요. 저도 저희가 도착하기 전에 쓰러뜨릴 거라고는 생각하지 못했지만 말이죠."

이런 모습이라니, 지적하고 싶었지만 겉모습으로는 반론할 수 없어서 꾹 참았다.

"촌장님, 사실이에요. 코카트리스가 쓰러져 있는 걸 저희를 포함한 몇 명이 확인했어요."

"그렇군, 함께 싸우고 있을 때도 강하다고 생각했는데, 설마 코카트리스를 혼자서 쓰러뜨릴 정도일 줄은—."

사냐 씨와 라비라타의 말을 어디까지 믿으시는지는 몰라도 내가 토벌했다는 것은 믿어준 모양이다.

"무무르트 씨가 처음 한 마리를 쓰러뜨려주신 덕분이죠. 그래서 나머지 한 마리도 쓰러뜨릴 수 있었어요."

"그렇군. 하지만 나머지 코카트리스는 어떻게 쓰러뜨린 거지?"

역시 쓰러뜨린 방법이 궁금한가보다.

"자세한 설명은 못해드려요, 비밀 기술이거든요."

"그렇다는 건 보이고 싶지 않아서 나를 도망치게 했다는 건가?"

"으음, 그런 건 아니지만 조금 위험한 마법이라서 멀리 떨어뜨려 놓은 것 뿐이에요."

곰 전격에 맞으면 감전사할 거다. 곰 마법은 뭐가 됐든 다 위험하다.

"확실히 참혹한 상황이긴 했지."

사냐 씨는 싸운 후의 현장을 떠올리며 말했다. 그걸 전부 내가 한 것은 아니었다. 코카트리스와 무무르트 씨의 공격도 포함되어 있었다. 나 혼자서 그렇게 만든 건 아니라고.

"그리고 무무르트 씨는 첫 번째 코카트리스와의 싸움에서 힘이 소모되어 있었잖아요. 그대로 무무르트 씨가 싸웠더라면 큰 부상을 입으실 것 같았어요."

"그래서 그런 짓을 한 거로군."

"제게 맡겨 달라고 해도 무무르트 씨는 허락하지 않으셨을 거잖아요."

"그건…… 맡기지 않았을 것 같지만……."

무무르트 씨는 나를 마을로 돌려보내려 했다. 애초부터 나에게 맡길 생각은 하지 않았던 것이다.

"그래서 강제이긴 했지만 곰순이에게 무무르트 씨를 안전한 곳으로 옮겨 달라고 한 거예요. 이건 제가 멋대로 군거니까 무무르트 씨는 신경 쓰지 않으셔도 돼요. 설명을 하지 않았던 제가 잘못한 거니까."

나는 포커페이스로 무무르트 씨에게 설명했다.

조금 걸리적거린다고 생각했던 건 마음속 깊이 덮어둔다.

"……아가씨."

너무 멋있게 말했나. 하지만 곰 옷차림으로 말했으니까 설득력이 없겠지.

"그렇군, 아가씨에게는 감사할 따름이네."

"마을 아이들을 위험한 상황에 빠뜨리고 싶지 않기도 했고, 제가 할 수 있는 일을 했을 뿐인 걸요."

이렇게 우등생처럼 대답해 둔다.

"아가씨, 다시 한 번 고맙네. 코카트리스를 쓰러뜨리고 마을을 구해줘서 고마워."

무무르트 씨는 고개를 가볍게 숙였다.

정면에서 감사 인사를 받으니 쑥스러웠다.

그런 다음, 라비라타는 마물의 토벌 보고를 했다. 사냐 씨가 발견한 마물은 모두 무찌른 모양이다.

타이거 울프도 있었던 모양이니까 모피를 받아야겠다.

나는 소재에 관해 떠올렸다.

"무무르트 씨, 코카트리스의 소재는 어떻게 할까요? 일단 회수해오긴 했는데."

한 마리는 내가 쓰러뜨렸으니 갖고 싶었다.

"아가씨가 원한다면 받아주게."

"두 마리 모두요?"

"우리들에게는 볼까마귀, 울프, 타이거 울프가 있으니까 됐네. 상인들과 거래하려면 그것들로 충분해."

그런 거라면 감사히 받아두기로 했다.

"유나, 팔 때는 왕도의 모험가 길드에 팔아줘."

그건 「모릅니다」라고 대답해 두었다.

딱히 돈에는 곤란하지 않으니까 무리해서 팔 필요는 없었다.

하지만 무언가를 만들 수 있다면 만들고 싶었다.

게임이라면 방어구 같은 걸 만들 수 있겠지만 방어구는 필요하지 않단 말이지……. 무기도 미스릴 나이프가 있고, 당분간은 곰 박스의 거름이 될 것 같다.

일단 마물 걱정은 더 없을 거라 생각했는데 「촌장, 큰일이다」라고 소리치면서 엘프 남성이 방으로 들어왔다.

"무슨 일이냐?!"

"마물이 신성수의 결계 안으로 들어왔어."

"그게 정말인가!"

"우리는 들어갈 수 없다. 촌장, 서둘러주게."

"알았네. 사냐, 신성수로 가지."

아무래도 싸움은 아직 이어질 모양이다.

"할아버지! 하지만 그 몸으론……."

"잠시 쉬었으니까 괜찮아. 라비라타 말을 준비하게! 라바카는 아르투르에게 연락을."

무무르트 씨는 몸을 일으키더니 지시를 내렸다. 라비라타와 라바카라고 불린 엘프는 고개를 끄덕이더니 방에서 나갔다.

"할아버지, 정말 괜찮겠어요?"

"그래, 문제는 없어. 그것보다도 서두르자."

무무르트 씨와 사냐 씨는 방을 나섰다. 물론 나도 그 뒤를 따라갔다.

우리가 밖으로 나오자 이미 말이 준비되어 있었다.

무무르트 씨와 사냐 씨는 말을 탔다.

"라비라타, 마을을 너에게 맡기마."

"알겠다."

무무르트 씨는 말을 몰았다.

"할아버지!"

사냐 씨도 뒤를 쫓았다.

나도 물론 쫓아가야지.

나는 곰순이를 소환해서 무무르트 씨와 사냐 씨의 뒤를 쫓아 갔다.

248 곰 씨, 신성수로 향하다

우리는 신성수가 있는 장소로 향했다.

무무르트 씨와 사냐 씨가 모는 말은 빨랐다. 하지만 나를 태운 곰순이는 뒤처지지 않았다.

그리고 오랜 시간이 걸리지 않아 도착했다.

여기는?

말을 세운 곳은 바위산 아래.

신성수는 어디 있지?

주위를 둘러봐도 신성수 같은 것은 보이지 않았다.

"어디에 신성수가 있는 거예요?"

"유나, 따라왔던 거야?"

아무래도 뒤를 달리고 있는 것을 알아차리지 못했던 모양이다.

"그야, 말하면 저지당할 것 같았거든요."

"유나……."

"뭐가 됐든 신성수가 있는 결계 내부로는 들어가지 못할 거야."

들어가지 못한다는 건 알고 있지만 신성수를 보는 건 가능할 거다. 하지만 그 신성수로 보이는 물체가 어디에도 없었다.

"이미 와버린 건 어쩔 수 없지. 아가씨는 입구를 지켜줄 수 있겠나."

"네, 괜찮아요."

잘은 모르겠지만…….

내가 그렇게 말하자 무무르트 씨와 사냐 씨는 말에서 내린 뒤 이동하기 시작했다. 조금 이동하자 바위산에 동굴이 있었다. 여기가 신성수가 있는 곳의 입구?

"아무래도 근처에 마물은 없는 것 같네."

"하지만 방심은 금물이다. 라바카의 말대로라면 마물이 신성수의 결계 안으로 들어갔다고 했어. 그 밖에 있을지도 모르고 말이야."

사냐 씨의 안도하는 말에 무무르트 씨가 정신을 바짝 차리도록 주의시켰다.

곰순이가 바위산에 있는 동굴 쪽을 보고 「크~웅」 하고 울었다. 나는 곰순이의 반응을 본 후 탐지 스킬을 발동시켰다. 바위산 너머에 마물의 반응이 있었다.

"유나, 혹시?"

"네, 이 바위산 구석에 마물이 있는 것 같아요."

탐지 스킬에는 울프와 볼까마귀의 반응이 여럿 있었고 기생수의 반응도 있었다.

역시 신성수는 기생수에게 잠식되고 있었던 모양이다.

"라바카가 말한 대로군."

무무르트 씨는 동굴을 바라봤다.

"하지만 마물들은 못 들어 갈 텐데."

"이미 결계에 틈이 생겼어. 마물들이 들어간다 해도 이상할 건 없지."

동굴 근처로 이동했다. 그 동굴 앞에는 비석이 세 개 있었다.

아무래도 여기가 입구인 모양이다.

역시, 안으로 들어갈 수 없는 건가?

들어가고 싶은데…….

동굴을 훔쳐봤지만 안은 깜깜했다.

보이지 않네.

"사냐, 안으로 들어가자. 아가씨, 미안하지만 마물들이 가까이 오거든 부탁하네."

"유나에게는 폐만 끼치네."

두 사람이 부탁하면 거절할 수 없지.

"네, 입구는 저와 곰순이에게 맡겨 두세요. 마물은 안으로 들이지 않을게요."

그렇게 말했지만 나도 들어가고 싶었다.

나는 위를 올려다봤다. 높지만 곰 장비라면 오르지 못할 정도는 아니었다.

곰돌이와 곰순이가 하늘을 난다면 신성수를 볼 수 있을 텐데. 하지만 그런 능력은 가지고 있지 않다. 애초에 곰은 하늘을 날 수 없으니까 어쩔 수 없다.

그때 곰순이가 「크~응」 하고 사과하듯 울었다.

설마, 내가 생각하고 있던 걸 알아챈 거야?

"곰순아, 미안해. 너를 탓한 게 아니야. 그러니까 그런 슬픈 목소리로 울지 말아줘."

사과하듯 곰순이의 목을 끌어안고 몸을 쓰다듬어줬다.

곰돌이와 곰순이는 하늘을 날지 못하지만 나를 위해 힘내주고 있다.

이동할 때는 곰돌이와 곰순이가 나를 태우고 달려준다.

내가 곰돌이와 곰순이의 위에서 자고 있어도 계속해서 달려준다.

야영을 했을 때도 내가 안심하고 잘 수 있도록 경계를 섰다.

아침이 되면 깨워줬다.

오히려 감사할 일이 많고 불만은 없다.

함께 있어주는 것만으로도 충분하다. 그런 마음을 담아 곰순이의 머리를 쓰다듬어줬다. 내 마음이 전달된 것인지 곰순이는 기뻐했다.

기분이 좋아져서 다행이다.

"어째서?"

내가 곰순이를 쓰다듬고 있는데 무무르트 씨의 목소리가 들렸다.

무슨 일인가 싶어서 무무르트 씨와 사냐 씨 쪽을 바라봤는데 동굴 근처에 있는 비석을 만지고 있었다.

"어째서 반응하지 않는 거지?!"

무무르트 씨는 몇 번이고 손을 댔다.

"할아버지?"

“사냐, 마력을 보내봐라.”

사냐 씨는 무무르트 씨를 대신해서 비석에 손을 두고 마력을 보냈다.

“반응이 없어요. 어째서…… 어제는 움직였는데.”

사냐 씨도 몇 번이고 마력을 보냈지만 반응은 없었다. 무무르트 씨는 동굴 안으로 들어가려 했으나 무언가에 저지당하는 듯 동굴 안으로 들어갈 수 없었다.

사냐 씨도 똑같이 동굴에 손을 뻗어봤지만 튕겨 나왔다. 마치 팬터마임을 하고 있는 것처럼 이상한 움직임을 하고 있었다.

“이유를 알 수 없군. 사냐, 한 번 더 해보도록 하자.”

두 사람은 한 번 더 비석에 손을 대고 마력을 보냈으나 아무 일도 일어나지 않았다.

“어제는 됐었는데 어째서?”

“설마 완전히 기생수에게 삼켜진 건가. 그래서 출입이 불가능해진 거야?”

“말도 안 돼요.”

두 사람은 조급한 얼굴이 됐다.

어느 정도 예상은 가지만 나는 사냐 씨에게 물어봤다.

“사냐 씨, 무슨 일 있어요?”

“원래는 이 비석에 마력을 보내면 비석이 빛나고, 빛나는 동안에 우리가 결계 내부로 들어설 수 있도록 되어 있어.”

“그런데 마력을 보내도 빛이 안 나고 아무런 반응을 보이지 않아.”

어제까지 들어갈 수 있었던 결계에 들어가지 못하게 됐군. 그렇다면 당황할 만도 하고 조급해질 것이다. 사냐 씨와 무무르트 씨는 몇 번이고 비석에 마력을 보냈지만 반응은 없었다.

이 비석을 파괴하면 어떻게 될까?

결계가 깨져버리면 그건 그거대로 문제지만…….

“사냐, 신성수를 확인해봐.”

무무르트 씨의 지시로 사냐 씨는 소환조를 소환해서 하늘 높게 날렸다.

설마 위에서는 신성수를 볼 수 있는 건가?

소환조는 바위산 너머로 사라져갔다.

신성수의 결계 범위는 어디까지인 거지?

아니면 동물은 상관없는 걸까. 만약 소환조가 결계 안으로 들어갈 수 있다면 곰돌이와 곰순이도 들어갈 수 있지 않을까?

사냐 씨는 눈을 감고 있었다. 소환조의 눈에 비치는 것을 보고 있는 거겠지.

소환조의 능력은 편리하지만 이때의 사냐 씨는 눈을 감아버려서 무방비해진다.

“전보다 심각한 상황이에요.”

“역시, 그렇군.”

“할아버지, 어쩌죠?”

사냐 씨의 말에 무무르트 씨는 고민했다.

“아르투르 씨를 기다렸다가 결계를 푸는 건 어때요? 그러면 누구든지 들어갈 수 있는 거 아니에요?”

그렇게 되면 나도 결계 안으로 들어갈 수 있으니까 도울 수 있다.

“그건 불가능하네.”

“그러기 위해서 사냐 씨를 부른 거 아니에요?”

무무르트 씨, 사냐 씨, 아르투르 씨 세 명이 있으면 봉인을 해제할 수 있다고 했었다.

“봉인 해제, 봉인을 만드는 것, 그것들은 모두 이 결계 안에서 이루어지는 거야. 그러니 안으로 들어가지 못하면 봉인 해제는 불가능해.”

사냐 씨는 눈을 뜨고 내 질문에 대답해줬다.

나는 결계 안이 어떤지 궁금해서 동굴 쪽으로 가까이 다가가 봤다.

분명 이 부근에 보이지 않는 벽이…… 손을 천천히 뻗었다.

어, 이 부근에 있었던 것 같은데? 내 곰 장갑은 전혀 방해받지 않았고 뻗어진 곰 장갑은 끝없이 뻗어갔다.

보이지 않는 벽이 있다고 생각했던 나는 균형을 잃고 앞으로 넘어져버렸다.

“으앗!”

“유나?!”

내 소리를 들은 사냐 씨가 내 쪽을 바라봤다.

곰 인형 옷 덕분에 아프진 않았지만 아무것도 없는 곳에서 넘어져서 창피했다.

"유나, 괜찮아?"

사냐 씨가 다가오려고 했는데 보이지 않는 벽에 막혔고 내가 있는 곳으로 다가올 수 없었다.

"유나? 어떻게 안으로 들어간 거야?!"

나는 주변을 둘러봤다.

바위산의 동굴 안에 있는 것 같았다.

"아가씨……."

무무르트 씨도 이상한 눈으로 나를 바라보고 있었다.

나는 다시 바위산 동굴 밖으로 나갔다.

"아가씨, 어떻게 안으로……?"

그런 건 나도 모른다.

"그냥, 평범하게 들어갔을 뿐인데요."

나는 증명하듯 한 번 더 동굴 안으로 들어갔다.

결계에 막히는 일 없이 동굴 안으로 들어갔다.

무무르트 씨도 뒤따라 들어오려 했지만 보이지 않는 벽에 방해받아 내 쪽으로 올 수는 없었다.

"무슨 상황이지?"

그건 내 쪽이 묻고 싶다. 생각할 수 있는 건 신님에게 받은 곰 인형 옷 덕분이라는 것 정도였다. 반대로 말하자면 그 정도밖에 떠오르지 않는다.

하지만 곰 인형 옷에 대해서는 설명할 수 없었다.

그러니 「몰라요」라고밖에 말할 방도가 없었다.

“저기, 제가 안의 마물들을 쓰러뜨리고 올까요?”

안으로 들어올 수 있는 건 나뿐이다. 안에는 마물들이 있다. 그리고 신성수가 있다.

모처럼 결계 안으로 들어왔으니까 못 갈 것은 없지.

무무르트 씨는 고민했지만 반대하는 말은 나오지 않았다.

“……아가씨에게는 폐만 끼치는군.”

무무르트 씨는 조금 생각하더니 미안한 듯 입을 열었다.

허가가 내려졌다. 이것으로 신성수를 볼 수 있게 됐다.

“유나, 조심해야 돼.”

두 사람의 배웅을 받으면서 나는 바위산의 동굴 안으로 들어갔다.

그리고 자기도 가겠다는 것 마냥 곰순이가 스윽 하고 따라왔다. 곰순이도 결계 안으로 들어올 수 있구나.

무무르트 씨와 사냐 씨는 놀란 듯 곰순이를 바라봤다.

뭐, 함께 들어오지 못하더라도 내가 안에서 소환하면 괜찮지 않을까.

동굴 안은 컴컴해서 곰 라이트를 만들어 위로 띄웠다. 곰 얼굴을 한 빛이 동굴 안을 비춰주었다.

조금 꺾어지는 길을 걸어가자 앞에 빛이 보였다.

출구인 것 같다.

나는 약간의 종종걸음으로 출구로 향했다.

동굴을 벗어나자 그곳은 바위산으로 둘러싸여 있는 넓게 펼쳐진 공간이었다.

야구장을 떠올리는 것이 이해하기 쉬울지도 모른다. 아니면 바위산에 둘러싸인 투기장.

위를 보니 태양빛이 내리쬐고 있었다.

그리고 중앙에 커다란 나무가 있다.

이게 신성수.

줄기는 두꺼워서 몇 명이서 손을 잡지 않으면 둘러쌀 수 없을 정도로 컸다.

잎은 무성했고 전설의 나무라 해도 믿을 정도로 큰 나무였다.

하지만 그 커다란 나무에는 기생수의 덩굴이 휘감겨 있어서 신비한 인상을 받지 못했다. 덩굴이 꿈틀꿈틀 움직여서 기분이 나빴다.

볼까마귀와 울프에게도 덩굴이 휘감겨 있었다. 덩굴은 때때로 떨어져 있는 내게도 반응해서 움직였다.

울프처럼 먹이가 왔다고 생각하는 건가.

시험 삼아 바람 마법으로 덩굴을 잘라봤다.

손쉽게 잘려나갔지만 곧바로 재생성되었다.

역시 신성수의 마력과 마물의 힘을 흡수하고 있는 걸까.

이대로 성장한다면 귀찮아질지도 모른다.

우선 이곳에 들어온 울프와 볼까마귀를 쓰러뜨리기로 했다. 코카트리스와 비교하면 쉬운 상대다.

249 곰 씨, 기생수와 싸우다

다른 울프와 볼까마귀는 신성수에 이끌린 것인지 신성수 근처로 달라붙었다.

그리고 가까이 다가가자 기생수의 덩굴에 휘감겼다.

이 이상 기생수의 양분이 되는 건 곤란하기 때문에 나는 바람의 칼날을 날려 나의 존재를 알렸다.

울프와 볼까마귀는 신성수에서 떨어지더니 내게로 다가왔다.

나를 공격해오는 울프와 볼까마귀들을 손쉽게 무찔렀다.

남은 건 신성수 뿐이지만 싸워도 되는 건가?

기생수를 쓰러뜨릴 방법은 잠식된 식물 자체를 불태워버리는 게 가장 효과적이다.

하지만 기생수에 잠식되어 있는 신성수를 태워버릴 수는 없었다. 그런 짓을 한다면 무무르트 씨와 다른 엘프들이 곤란해질 것이다. 게다가 이 훌륭한 나무를 태우고 싶진 않았다.

하지만 이대로 방치해 둔다면 마물들을 불러들이는 나무가 되어버릴지도 모른다.

지금도 기생수에게 붙잡힌 울프와 볼까마귀들은 쇠약한 동물처럼 움직임이 없었다. 이건 조금 무섭긴 하네. 저 덩굴에 붙잡히면 나도 똑같아 질 수 있다.

나는 무무르트 씨에게 싸워도 되는지 확인 받기 위해 신성수에서 벗어나 동굴 밖으로 나왔다.

"유나."

사냐 씨와 무무르트 씨가 걱정하며 달려왔다. 그 뒤에는 아르투르 씨의 모습이 있었다. 아무래도 이야기를 전해 듣고 찾아온 모양이다. 여기에 있다는 건 아르투르 씨도 안으로 들어설 수 없었던 것 같다.

나는 세 명에게 안쪽 상황을 설명했다.

"마물들은 쓰러뜨렸는데 기생수도 무찌를까요?"

"간단하게 말하는데, 무찌를 수 있는 거야?"

"으음, 태워버리면 간단하긴 한데."

나무는 불에 잘 타니까 말이지.

"그건……."

내 말에 사냐 씨는 말문이 막혔다.

엘프에게는 소중한 나무다. 태운다는 소리를 들으면 곤란하겠지.

"알고 있어요. 태우지 않을게요. 무슨 방법이 있을지도 모르니까 시험해볼게요."

쓰러뜨릴 방법은 태우는 것만 있는 게 아니다.

"유나……."

그렇게 말은 했지만 기생수는 마력으로 재생되고 있다. 신성수의 마력을 흡수하고 있다면 거의 무한에 가깝다고 봐야 한다. 엘프의 숲을 에워쌀 정도의 결계였다. 그것이 수 백 년이나 이어질 정도의 마력. 내 흰 곰 옷으로도 승리를 확신할 수 없다.

하지만 싸울 방법은 있었다.

"그럼, 다녀올게요."

내가 등을 돌리자 무무르트 씨가 말을 건네 왔다.

"아가씨, 혹시라도 기생수를 쓰러뜨리는 게 무리라면 신성수와 함께 불태워주게."

"할아버지?!"

"아버지?!"

무무르트 씨의 말에 두 사람이 놀랐다.

"이대로라면 신성수가 어떻게 변할지 아무도 몰라. 이유는 모르겠지만 지금은 아가씨만 결계 안으로 들어갈 수 있어."

신님에게 받은 곰 장비 덕분입니다.

"만약 아가씨마저 들어갈 수 없게 된다면 아무도 대처할 수 없게 되네."

"하지만 유나 이외의 누군가가 들어갈 수 있을지도 모르잖아요."

"그자에게 신성수를 불태우게 할 셈인가? 엘프라면 신성수의 소중함을 모두 알고 있지. 게다가 그자가 강할지는 모르는 일이고. 그자가 기생수와 싸우면서 신성수를 불태울 수 있을 거라 생각하나?"

"그건……."

무무르트 씨의 말에 사냐 씨는 반론을 할 수 없었다.

저번에 시험 삼아 기생수와 싸웠던 사냐 씨는 그것이 무리라는 걸 알고 있는 모양이다.

"더욱이 엘프들은 불 마법에 익숙하지 않지. 사용 못하는 사람이 더 많아. 설령 사용할 수 있다고 하더라도 신성수를 불태울 수 있을 정도의 힘은 없을 게야. 원거리에서 불화살을 날린다 해도 그 기생수의 덩굴에 막힐 게 분명해."

"……."

"애당초 신성수를 불태우는 것 자체가 어려운 일이야."

"하지만 유나가 신성수를 불태웠다는 게 알려지면 마을 사람들이……."

어떤 이유가 되었든 좋은 눈초리를 받진 못하겠지. 최악의 경우, 원한을 살 가능성도 있다. 두 번 다시는 엘프 마을에 오지 못하게 될 수도 있다. 곰 하우스를 설치하는 것이 문제가 아니다.

"그때는 제가 마을에서 나갈 테니까 다른 사람들에게는 저를 추방한 것으로 해두세요."

그게 가장 깔끔했다.

"유나……."

"그때는 내가 책임을 지도록 하지. 내가 태운 것으로 하겠어."

"할아버지."

"결계 안으로 들어설 수 있는 건 우리뿐이다. 너희만 발설하지 않는다면 알지 못할 게야."

"하지만 촌장인 할아버지가 그런 짓을 했다고 알려지면……."

"그땐 아르투르에게 촌장의 자리를 넘기도록 하마."

"아버지……."

그만큼 엘프에게 있어서 신성수는 중요한 나무겠지.

"그러니 신경 쓰지 말고 불태워도 상관없네."

그런 말을 듣고 간단하게 불태울 수 있을 리가 없잖아. 내 책임이 되는 거라면 상관없지만 무무르트 씨의 책임이 되어 버린다면 불태우는 건 정말로 마지막 수단이다.

무무르트 씨와 사냐 씨, 아르투르 씨의 얼굴은 비장함으로 가득 차 있었다.

그러니 마지막까지 최후의 발악을 해보기로 했다.

"되도록 불태우지 않고 기생수를 무찌를게요."

나는 그렇게 말한 뒤 동굴 안으로 돌아왔다.

곰순이가 여전히 함께 따라왔다.

나는 신성수 앞에 섰다.

아마도 불태우는 것은 곰 화염을 이용하면 간단하다.

곰 마법은 위력이 크다. 잘못 사용하면 대참사가 일어날 것이다.

우선은 바람의 칼날을 날려 구불구불 움직이고 있는 덩굴을 무작위로 잘라봤다. 하지만 금방 재생해서 덩굴이 자라났다.

역시 신성수의 마력으로 재생하고 있는 것 같네.

으음, 기생수의 뿌리를 찾는 게 가장 좋을 것 같지만 그건 어렵다.

신성수의 체내로 비집고 들어가 있다면 최악이다.

나는 덩굴이 닿지 않는 거리에서 신성수의 주변을 돌아보았다. 밑동부터 가지 끝까지 덩굴이 늘어나 있어서 방해가 되어 구분하기 어려웠다.

이런 경우엔 두꺼운 곳이 의심되는 게 일반적이지만 덩굴이 둘둘 휘감고 있는 부분이 꽤 많았다.

의심되는 곳이 많다면 모조리 확인하면 될 뿐이다.

신성수에 다소 상처를 입히겠지만 너그럽게 봐주길 빌었다.

우선은 가장 두꺼워서 수상쩍은 덩굴을 향해 세로로 바람의 칼날을 날렸다.

큰 나무의 중심에 바람의 칼날이 박혔다.

휘감고 있던 덩굴이 잘려나갔지만 금방 잘린 부분끼리 붙어버렸다.

다음은 무수의 바람의 칼날을 날린다.

조금 전과 마찬가지로 덩굴은 잘렸지만 역시 재생해버렸다.

응?

덩굴 밑에 있는 줄기는 상처 입지 않는 것 같았다.

신성수는 의외로 튼튼한 걸까?

그렇다면 조금 더 거칠게 다뤄도 괜찮으려나.

작은 회오리를 만들어 줄기를 향해 날렸다. 회오리는 줄기를 휘감더니 덩굴을 찢어 발겼다. 하지만 줄기에서는 기생수의 뿌리 부분을 발견하지 못했다.

그러나 이 정도의 마법에도 신성수는 상처를 입지 않은 것 같았다.

즉, 조금 더 강한 마법을 써도 괜찮다는 이야기였다.

몇 가지의 방법을 생각해봤다.

그러나 떠올린 방법을 실행하려면 마력의 양이 부족할 것 같았다.

상대는 신성수로부터 마력을 흡수해서 회복한다. 확실하게 말해서 반칙이다.

그런 거라면 이쪽도 그 나름의 대처를 해야 한다.

나는 주변을 흘깃흘깃 확인했다. 곰순이가 「왜 그래?」라는 얼굴로 이쪽을 봤다.

「아무것도 아니야」라고 말한 뒤 바위산의 구석으로 가서 곰 인형 옷을 벗었다.

이곳에는 아무도 들어오지 못하기 때문에 옷 갈아입는 모습을 누군가 훔쳐볼까 걱정할 필요는 없었다.

현재로서는 곰 하우스를 빼면 세상에서 가장 안전한 탈의실일지도 모른다.

그래서 곧장 흰 곰 인형 옷으로 갈아입었다.

곰순이가 「나랑 똑같네」라며 기분 좋은 얼굴을 하고 있었다.

아무튼 이것으로 마력 회복 속도가 올라갔다.

상대가 회복한다면 나도 똑같이 회복해주지.

나는 흰 곰 옷차림으로 신성수 앞에 서서 무수한 바람의 칼날을 날렸다.

오른손을 휘두른다. 왼손을 휘두른다. 양 손에서 바람의 칼날이 쏘아졌다.

바람의 칼날은 기생수의 덩굴을 잘게 잘라냈다.

하지만 덩굴은 재생을 반복했다. 일방적인 공격이 될 거라고 생각한 순간 내 쪽을 향해 덩굴이 뻗쳐왔다.

앗, 여기까지 뻗을 수 있는 거야?!

꽤 떨어진 곳에 있다고 생각했었는데.

조금 뒤로 물러났다. 하지만 기생수는 덩굴에 달려있던 잎을 쏘았다.

오오, 그런 공격도 할 줄 아는구나.

갈아입는 중에 공격당했다면 위험할 뻔했네.

"곰순아, 물러서! 위험할 땐 엄호를 부탁해!"

곰순이를 물린 뒤 덩굴의 끝을 노리고 잘라냈지만 재생 속도가 빨랐다.

치트는 좋지 않은 것 같습니다.

나는 흙으로 된 돔 형태의 벽을 만들어 잎 공격을 막았다.

위쪽에서 잎을 쏘다니 비겁하다.

덩굴은 뻗어오지, 잎은 들이닥치지, 위력은 없지만 끊임없이 이어지니까 짜증났다.

틈을 노려서 공격했으나 다시 재생을 해서 큰 의미가 없었다.

역시 재생이 제일 열받아.

그렇다면 이쪽은 재생할 시간을 주지 않는 공격을 하면 된다. 잎이 걸리적거리면 없애버리면 그만이다.

분명 이렇게 해버리면 기생수의 덩굴과 잎뿐만 아니라, 신성수의 잎이 뽑히고 가지들도 꺾일 것이다.

다소의 희생은 나중에 용서받기로 하자.

기생수보다 신성수 쪽이 강할 거라고 믿는다.

나는 오른손의 곰 장갑에 마력을 모았다.

그리고 오른손을 들어올린 뒤 신성수 방향을 보고 아래로 내려치자, 신성수의 주변에 바람이 휘몰아쳤다.

그 바람은 서서히 커졌고 신성수의 주변을 돌기 시작해 회오리가 되었다.

자, 승부를 내보실까.

내 마력이 다하든지.

기생수의 재생 속도가 따라오지 못 하든지.

신성수가 회오리의 힘을 견뎌내지 못 하든지.

신성수의 마력이 사라져 기생수와 함께 쓰러지든지.

네 가지 중 하나. 기생수가 먼저 힘을 다 하면 나의 승리다.

거대한 회오리가 신성수를 중심으로 회전했다.

기생수의 덩굴을 잘게 잘라냈고 신성수의 잎들을 빼앗았다.

덩굴은 재생할 때마다 잘려나갔다.

회오리의 세기를 조절하지 않으면 신성수가 상처 입을 것 같았다. 가지 정도는 부러져도 괜찮겠지.

회오리의 세기를 조절하면서 인내력 승부로 들어섰다.

치트 대 치트.

마력 회복 VS 마력 회복.

재생 VS 공격.

어느 쪽이 유리한지는 아직 모른다.

교착 상태가 이어졌지만 내 회오리가 서서히 기생수를 떼어냈다. 덩굴은 잘려나갔고, 잎은 날리고, 가지는 꺾여나갔다.

신성수의 가지도 꺾였지만 나무 자체에는 피해를 입히지 않았다.

이대로 간다면 기생수를 쓰러뜨릴 수 있다.

신성수의 잎이 반 정도 떨어져 나갔을 때 조금 위쪽에서 무언가가 빛나는 것처럼 보였다.

기분 탓이라 생각했는데 또 다시 반짝였다.

회오리 틈 사이에서 가끔 녹색으로 빛나는 게 보였다.

기생수의 덩굴이 잘려나가는 순간 무언가가 빛났다. 하지만 기생수가 곧바로 재생되서 빛이 사라졌다. 회오리가 덩굴을 자르자 빛났다. 그것이 몇 번이고 반복되었다.

눈을 비비고 다시 봤다.

혹시, 기생수의 마석?

신성수의 마석일 가능성은?

신성수?

기생수?

애초에 신성수한테 마석 같은 게 있을까?

생각했다.

신성수에 마석이 있다고 해도 줄기의 중심에 있을 터.

기생수의 덩굴을 자르고 나온 게 신성수의 마석일 리가 없다.

무엇보다도 이 회오리 안에서 신성수의 줄기는 착실하게 뿌리를 뻗어 버텨내고 있었다. 줄기 속까지 상처를 입히진 않았다.

그렇다는 건 대답은 한 가지. 저건 기생수의 마석이다.

나는 마력을 담아 회오리를 세게 만들었다.

신성수가 크게 흔들린다.

잎은 날리고 가느다란 가지들은 꺾였다. 동시에 기생수의 마석이 확실하게 보였다.

신성수의 가지가 뻗은 곳에 박혀있는 커다란 씨앗의 중심에 녹색의 마석이 있었다.

저 마석을 파괴하면 기생수는 죽겠지.

"크~응."

곰순이가 걱정스럽게 울었다.

괜찮아.

나는 곰 박스에서 곰순이 나이프를 꺼내어 검은 곰 장갑으로 단단히 쥐었다.

그리고 신성수 중심을 돌고 있는 회오리를 지웠다. 그와 동시에 기생수의 씨앗인 마석을 향해 곰순이 나이프를 날렸다.

회오리에 휩쓸렸던 기생수의 덩굴과 신성수의 잎이 흩날리는 동안, 은색으로 빛나는 곰순이 나이프가 일직선으로 마석을 향해 날아갔다.

회오리가 사라짐과 동시에 기생수는 마석의 주변을 재생시켜 마석이 있는 씨앗을 감쌌다.

평범한 나이프라면 막힐지도 모르지만 가잘 씨가 만들어 준 미스릴 나이프니까 그럴 일은 없었다. 곰순이 나이프는 기생수의 씨앗에 명중해서 마석을 파괴했다.

그러자 신성수를 휘감고 있던 덩굴은 움직임을 멈추고 재생도 멈췄다.

인내력 승부는 갑자기 룰을 바꾼 나의 승리가 됐다.

다들 이기면 장땡이라고 하지.

뭐, 기생수를 상대로 쓸 말은 아니지만 나의 승리다.

250 곰 씨, 팬티를 보이다

나는 새삼 신성수를 바라봤다. 회오리로 인해 휘날렸던 신성수의 잎이 하늘에서 흩날려 떨어졌다. 흩날린다는 것은 가지에서 잎이 떨어졌다는 이야기다. 신성수를 보니 메마른 나무처럼 헐벗겨져 있었다.

마지막에 회오리의 위력을 증가시켜버려서 너무나 쓸쓸한 나무가 되어버렸다.

이거, 시간이 지나면 원래대로 돌아오겠지?

……점점 불안해졌다.

으음, 흩날려 떨어지는 잎 속에서 나는 생각했다.

마력을 보내면 회복할 수 있는 거 아닌가?

아니면 회복 마법은 어떨까?

만화에서는 마력을 주입하면 부활하기도 하던데.

뭐, 시험해보고 안 되면 「시간이 해결해 줄 거예요」라고 말해서 넘겨보자.

나는 메마른 나무 같은 신성수로 다가가, 두꺼운 밑동을 만진 뒤 잎이 자라나는 상상을 하면서 회복 마법을 사용했다.

오오, 마력을 빨아들이는 것처럼 흡수해간다.

그런데 너무 흡수하는 거 아냐?

흰 곰 인형 옷 덕분에 마력은 계속 회복되지만 그 이상의 마력을 신성수에게 흡수 당했다.

그러자 신성수가 빛나기 시작했다.

오오, 게임 이벤트 같아.

눈을 뜨고 있을 수 없을 정도로 빛났다. 신성수에게서 손을 때고 손으로 눈을 가렸다.

그러자 빛이 잦아들었고 눈을 천천히 떴다.

다시 신성수를 확인해보니 그곳에는 잎이 무성하게 피어 있는 신성수가 있었다.

아무래도 잘 된 모양이다.

하지만 마력을 많이 써서 휘청거리다 뒤로 쓰러질 뻔했다.

다행히 곰순이가 지탱해줬다.

“곰순아, 고마워.”

“크~응.”

곰순이에게 기대어서 보는 신성수는 이름처럼 성스러워 보였다.

잎은 싱그럽고 예쁜 색을 띄고 있다.

이게 진정한 모습이었구나.

내가 신성수를 바라보고 있는데 뒤쪽이 시끄러웠다.

“뭐지, 이건?!”

목소리가 들린 쪽을 바라보자 무무르트 씨, 사냐 씨와 아르투

르 씨가 어이없는 얼굴을 하고 서 있었다.

시선은 신성수와 나를 번갈아 향하고 있다.

"세 분은 어떻게 오신 거죠? 결계 안으로 못 들어 왔었잖아요."

"갑자기 비석이 빛나더니 안으로 들어갈 수 있게 됐어."

즉, 내가 기생수를 쓰러뜨리고 신성수에 마력을 집어넣어서 원래대로 돌아왔다는 건가?

뭐, 그 외에 짐작가는 건 없지만…….

"아가씨, 어떻게 된 건지 설명을 해주겠나?"

소생한 신성수를 올려다보면서 무무르트 씨가 물었다.

설명하라고 해도 그렇게 복잡한 내용은 없었다.

"그러니까 기생수를 쓰러뜨렸고, 신성수가 부활했다고 해야 할까요?"

고개를 갸웃거리며 설명했다.

그 이외에 달리 할 대답이 없었다.

"그렇다면 역시 그 회오리바람은 역시 아가씨가—."

"그 회오리바람, 대단했어."

나는 신성수를 올려다봤다. 분명 회오리바람은 거대했다.

신성수를 뒤덮기 위해 꽤 높은 곳까지 회오리바람을 일으켰다.

그래서 무무르트 씨 일행이 있는 바깥쪽에서도 보였던 모양이다.

"회오리바람으로 기생수의 재생하는 덩굴을 모조리 잘라냈거든요."

"회오리바람으로 기생수를……, 그런 방법을 쓴 건가?"

"재생하기 전에 쓰러뜨리면 될 것 같았어요."

"그런 엉뚱한 생각을……."

"기생수를 공격했을 때 신성수에 상처가 생기지 않더라고요. 그래서 성공할 거라고 생각했어요."

"아니, 그렇긴 하지만 마법도 대단하구나."

뭐, 기생수는 재생 능력이 대단했을 뿐 그 외에는 별다른 건 없었다.

바람의 칼날을 날리면 쉽게 잘려나갔고 공격력이 없어서 덩굴에 붙잡히지만 않으면 무서울 것이 없었다.

무무르트 씨 일행은 내 설명을 듣고 어안이 벙벙해 보였다. 간단히 믿을 수는 없겠지만 기생수를 쓰러뜨리고 결과적으로는 신성수를 되돌려 놓았다.

"과연 그렇군. 그 정도의 마법을 사용할 수 있다면 코카트리스도 쓰러뜨릴 수 있겠어."

무무르트 씨는 납득해준 모양이다.

"그 마법 때문에 신성수의 가지랑 잎도 휩쓸렸는데……."

내 시선이 지면으로 향해서 세 사람도 아래로 눈을 옮겼다.

지면에는 폭풍이 지나간 듯 신성수의 가지와 잎들이 널브러져 녹색 카펫처럼 되어 있었다.

"하지만 신성수의 잎은……."

세 명은 지면에 펼쳐져 있는 잎과 푸르게 우거진 신성수를 번갈아 봤다.

"미안하네만, 나로서는 이해가 되지 않는구먼."

"아버지, 저도요."

무무르트 씨와 아르투르 씨 두 사람은 혼란스러운 모양이다.

뭐, 지면에 대량의 신성수 잎이 널브러져 있는데 신성수에는 잎이 자라나 있었다.

의문스럽게 여겨지는 건 어쩔 수 없지.

"그런데 유나, 이 상황은 뭐야? 유나의 마법으로 신성수의 잎이 떨어진 것은 이해가 되는데, 왜 아직도 신성수에 잎이 무성한 거지?"

사냐 씨는 지면에 떨어져 있는 잎과 신성수에 우거져 있는 잎을 번갈아 봤다.

"게다가 내가 어제 봤을 때보다도 신성수의 잎이 우거져 있는데? 어제는 이렇게 생기가 넘치지 않았어."

"회오리바람으로 기생수를 쓰러뜨렸는데 기생수 때문에 신성수가 마력이 부족해 보여서 마력을 주입해줬을 뿐이에요. 그랬더니 신성수가 빛나면서 잎이 생겼고요."

"신성수에게 마력을 주입했다고?"

거짓말은 하지 않았다. 말을 흐렸을 뿐이다.

"그 빛은 신성수가 냈던 빛이구나."

잎이 자라난 이유는 회복 마법 때문일 가능성이 높지만 빛이 났던 이유는 나도 모른다.

"신성수에 마력을 주입하다니, 유나도 엉뚱한 행동을 했구나."

나도 그렇게 생각해요.

그 때문에 마력은 거의 텅 비어버렸다.

흰 곰 인형 옷이라고 해도 단시간에 마력을 회복할 순 없다.

조금 지쳤으니까 돌아가서 자고 싶었다.

"아가씨가 신성수에 마력을 나눠준 덕에 신성수가 본래의 힘을 되찾았고, 우리들도 결계 안으로 들어올 수 있게 된 건가?"

그 부분에 대해서는 나에게 물어도 대답할 수 없었다.

다만, 기생수가 토벌됨으로 인해 결계가 원래대로 돌아온 건 틀림없었다.

"상황은 대충 알겠는데, 어째서 옷을 갈아입은 거야? 갑자기 옷을 벗었을 땐 깜짝 놀랐어."

"……!"

지금, 뭐라고 하셨죠?

옷을 벗는 장면을 보고 있었다는 말투인데요.

……즉, 그런 건가? 맞아?

나는 궁금한 점을 사냐 씨에게 물어봤다.

"으음, 그건, 소환조로 저를 보고 있었다는 건가요?"

"맞아, 유나가 걱정이 돼서 처음부터 보고 있었어."

사냐 씨는 어처구니없는 말을 꺼냈다.

그렇다는 건, 내가 옷을 갈아입는 모습을 처음부터 끝까지 보고 있었다는 뜻이다.

이런저런 모습을 사냐 씨에게…….

나는 무릎을 꿇고 손으로 땅을 짚었다.

그나마 다행인 건 사냐 씨가 여자라는 점이겠지.

소환조에 관한 것을 까맣게 잊고 있던 나도 잘못했지만 옷 갈아입는 걸 보였다고 생각하니 창피했다.

보인 것이 무무르트 씨나 아르투르 씨였더라면 창피해서 도망쳤을지도 모른다.

나는 몸에 기합을 넣고 일어서려 했다.

하지만 사냐 씨의 이어진 말에 다시 한 번 수렁에 빠지게 됐다.

"괘, 괜찮아. 나만 봤거든. 게다가 멀리서 봤던 거라 유나의 팬티도 곰이라는 건……."

몸을 일으킨 나를 다시 내동댕이치는 사냐 씨.

이젠, 돌아가고 싶어.

우울한 나에게 다가온 곰순이가 볼을 부비며 위로해주었다.

곰순아, 고마워.

"아아, 뭐 딱히 나한테 보여도 창피하지 않잖아. 유나가 옷 갈아입는 건 목욕탕에서도 봤으니까. 나도 보였으니까 서로 비긴 거야."

좌절해 있는 나에게 사냐 씨는 서로 비긴 거라고 했지만, 욕실의 탈의실에서 서로 보는 것과 혼자 밖에서 옷을 갈아입는 모습을 보인 것은 다르다.

간이 탈의실을 만들었어야 했다.

대체 누구냐, 곰 하우스를 제외하고 가장 안전한 탈의실이라는 말을 한 건…… 나였지.

그때의 내게 말해두고 싶다. 탈의실에서 갈아입으라고…….

"그런데 유나는 왜 옷을 갈아입었던 거야?"

사냐 씨가 내 흰 곰 옷을 보면서 물어왔다.

왕도에서 엘프의 마을로 올 때 몇 번인가 흰 곰 옷차림을 보여줬지만 설명은 하지 않았었으니, 사냐 씨는 잠옷이라고 생각했었던 걸지도 모른다.

"흰 곰일 때는 마력이 회복되거든요. 기생수와 싸울 때 필요해서 갈아입은 거예요."

"그래? 그 옷차림은 유나의 취미가 아니었구나."

나도 좋아서 이 차림을 하고 있는 게 아니다.

이것도 모두 이 세계로 데리고 온 신님의 탓이다.

나는 어떻게든 정신을 다시 차렸다.

그리고 모두 설명을 마치자 세 사람에게 다시 감사 인사를 받았다.

무무르트 씨의 눈에는 희미하게 눈물이 차오른 듯 보였다.

아마도 요 며칠 동안의 긴장이 풀려서 그런 걸 거다.

기생수에게 기생당하고 있는 신성수를 발견한 데다가 코카트리스가 공격을 해오지, 신성수의 결계 안으로는 못 들어가게 됐지, 여러 가지로 마음고생이 심했으리라.

정말 그렇게 생각한다. 촌장이나 영주나 국왕 같이 마음고생이 심한 일은 안 하는 게 낫다.

무무르트 씨나 클리프나 국왕을 보고 있으면 더욱 그렇다고 느낀다.

성가신 일은 다른 사람에게 맡기는 것이 제일 좋고, 자유롭게 지내는 것이 가장 편하다.

응, 전형적인 인간 말종의 사고방식이지.

전직 은둔형 외톨이인 게이머니까 어쩔 수 없다.

"신성수를 다 확인한 뒤에 마을로 돌아가자."

무무르트 씨의 말을 들은 두 사람이 움직였다.

나도 잊지 않고 곰순이 나이프를 회수해야 했다.

여기서는 잎 때문에 나이프를 확인할 수 없어서 신성수에게 다가갔다.

"위에 나이프가 박혀 있는데 회수하러 가도 되나요?"

신성수의 뿌리 근처에 있는 무무르트 씨에게 물었다.

신성수에 오르지 말라고 하시면 안 되는데…….

"내가 가져다줄게. 어느 쪽이야?"

근처에 있던 사냐 씨가 자청해줬다.

"제가 가지고 올 테니까 괜찮아요."

"아까부터 비틀대고 있잖아. 유나는 쉬고 있어."

확실히 마력을 너무 사용한 탓에 조금 피곤하다. 크라켄을 토벌했을 때와 같은 감각인 걸 보면 마력을 너무 많이 사용한 게 원인인 모양이다. 마지막에 신성수에게 회복 마법을 사용한 것 때문이겠지.

나는 사냐 씨에게 곰순이 나이프가 꽂혀져 있는 위치를 알려주고 회수를 부탁했다. 사냐 씨는 신성수에 올라가 곰순이 나이프를 가지고 돌아와 줬다.

"고마워요."

"이 정도는 거뜬해. 유나가 해준 것을 생각하면 새 발의 피지. 유나는 쉬고 있어."

나는 그 호의를 받아들여 흰 곰 옷차림인 채로 곰순이에게 기댄 채 세 명의 모습을 봤다.

사냐 씨는 무무르트 씨와 아르투르 씨와 함께 신성수 확인을 시작했다.

무무르트 씨는 나무 밑동 근처를 살펴봤고, 사냐 씨는 지면에 떨어져 있는 잎을 살펴봤으며, 아르투르 씨는 신성수의 위쪽을 살펴봤다.

나는 확인이 끝날 때까지 곰순이에게 기대어 기다리기로 했다.

251 곰 씨, 계약 마법에 관해 듣다

"유나, 움직일 수 있겠어?"

신성수 확인을 마친 사냐 씨가 다가왔다.

"네, 쉬었잖아요. 그래도 오늘은 더 이상 움직이고 싶지 않네요."

움직일 수 있는 정도까지 회복했지만 움직이고 싶지 않았다. 곰순이에게 안긴 채로 자고 싶었다.

"그거야 그렇겠지. 유나, 오늘 하루 사이에 코카트리스랑 싸우고 신성수에 들러붙었던 기생수랑도 싸웠잖니."

"그렇고말고, 아가씨는 그 정도의 일을 했으니 피로한 것도 당연할 게야."

사냐 씨와 이야기를 나누고 있는데 무무르트 씨와 아르투르 씨가 다가왔다.

두 사람은 신성수로 올라가거나 움직임이 사라진 기생수의 덩굴 같은 것을 처리했다. 뭐, 움직이지 않게 됐다고 해도 기생수의 덩굴이니까.

"이만하면 되겠지. 마을도 신경 쓰이니까 오늘은 그만 마을로 돌아가자."

"신성수는 괜찮나요?"

"아마도 괜찮을 거야. 그렇지만 당분간은 상태를 지켜봐야지."

역시 큰 나무라서 그런지 짧은 시간에 전부를 확인할 수는 없는 것 같았다.

기생수가 어떻게 씨앗을 뿌려서 증식시켰는지는 모르지만, 그 부분도 확실하게 확인하지 않으면 똑같은 상황이 일어날 가능성이 있었다. 두 번 다시는 이번과 같은 일이 일어나지 않기를 바랄 뿐이다.

우리는 신성수가 있는 바위산의 동굴을 통해 밖으로 나왔다.

밖으로 나온 무무르트 씨와 일행들은 다시 결계로 들어갈 수 있는지 시험해봤다. 비석으로 마력을 보내자 비석에서 빛이 났고 동굴 안으로 들어갈 수 있었다.

"저기, 유나도 확인해주겠어?"

사냐 씨는 자신이 들어갈 수 있다는 것을 확인하더니 내게 부탁했다.

나는 사냐 씨처럼 비석에 손을 가져다 대지 않고 혼자서 동굴로 향했다.

나는 앞으로 손을 뻗으면서 걸어갔다. 만약 결계가 있다면 벽 같은 게 느껴질 것이다. 하지만 내 손에는 아무것도 닿지 않았고 몸은 동굴 안으로 곧장 들어갔다.

"어째서일까?"

"아가씨네 먼 친척 중에 엘프가 있는 건 아닌가?"

이세계 사람인 나에게 엘프의 피가 흐르고 있을 리 만무했다.

그러니 좌우로 고개를 저었다.

"유나에게 엘프의 피가 흐르고 있다고 하더라도 들어갈 수 있는 이유가 되지는 않아요."

무무르트 씨의 말을 사냐 씨가 곧바로 부정했다.

들어갈 수 있는 이유는 아마도 신님에게 받은 곰 인형 옷 덕분일 거다.

하지만 그것을 말할 수는 없었다.

"뭐, 그렇긴 하군. 하지만 아무리 생각해봐도 이유를 모르겠구나. 지금은 아가씨가 신성수에게 악의를 갖고 있지 않다는 것만 알면 문제될 건 없겠지."

악의 같은 건 전혀 없었다. 잎과 가지를 가지고 싶을 때는 부탁하면 될 테니까.

우리가 마을로 돌아갔을 때 마을 안은 평온했다.

그 후 마물이 나타나는 일은 없었다고 한다.

"그러면 집으로 돌아가서 쉴게요."

"혼자서 괜찮겠어? 뭣하면 우리 집에서 쉬어도 돼."

"곰순이를 타고 갈 거라서 괜찮아요. 게다가 쉬려면 자기 집이 편하잖아요."

"그렇구나. 유나, 정말로 고마워."

"아가씨, 고맙네."

"고마워."

세 명에게 감사 인사를 받고 나는 곰순이의 등에 올라탄 뒤 마을 밖에 있는 곰 하우스로 향했다.

무무르트 씨 일행은 지금부터 사람들을 모아 기생수가 토벌되어 신성수가 원래대로 돌아왔다는 것을 전달한다고 했다.

나에 관한 이야기는 덮어두고 설명할 예정이다.

그 이유는 무무르트 씨네 일행만 들어갈 수 있는 장소에 내가 들어갔다는 사실이 알려지면 혼란에 빠질 것이 분명해서다. 나와 기생수의 관계를 의심하는 자도 나올 수 있었다. 그러니까 토벌은 어디까지나 나를 제외한 세 명이 쓰러뜨린 것으로 알릴 예정이다.

나는 영웅이 될 생각도 없을뿐더러 마을을 혼란에 빠뜨릴 생각도 없다. 나는 곰돌이와 곰순이와 함께 놀아준 아이들이 미소 지을 수 있다면 상관없었다.

곰 하우스로 돌아온 나는 곰순이를 꼬맹이화 시키고 꼬맹이화된 곰돌이를 소환하여 그 둘을 끌어안은 채 침대 위로 쓰러졌다.

침대가 기분 좋다. 곰돌이와 곰순이를 안고 있으니 졸음이 쏟아졌다.

"곰돌아, 곰순아, 잘 자."

나는 곰돌이와 곰순이를 안은 채 잠이 들었다.

한 번 눈을 뜨자 밤이 되어 있었고 품 안에서 곰돌이와 곰순이가 자고 있었다. 나는 곰돌이와 곰순이가 깨지 않도록 조심하면서 방을 나와 가볍게 식사를 했다. 그리고 또 다시 방으로 돌아가서 꿈속으로 향했다.

흰 곰 복장으로 취침을 했기 때문에 다음 날 눈을 떴을 땐 컨디션이 회복되었다.

단지, 너무 많이 자서 졸렸다.

아침 식사를 마친 내가 곰 하우스를 나오자 그곳에는 라비라타가 있었다.

"음, 좋은 아침이에요."

"그래, 좋은 아침이다."

"혹시, 저한테 용건이라도?"

"촌장이 집으로 와주길 바란다."

곰 하우스가 있는 곳을 알고 있는 라비라타가 나에게 그 말을 전달하러 왔다고 했다.

설마 라비라타는 내가 곰 하우스에서 나올 때까지 기다려 준 건가?

그건 그렇고 무슨 일이지?

역시, 어제의 일 때문일까?

"어제는 신세를 졌다."

신세라니 뭐를? 기생수에 관해서는 입을 다물었을 텐데?

"코카트리스를 쓰러뜨려준 덕분에 피해는 나오지 않았다. 만약 촌장에게 무슨 일이 생겼더라면 일이 커졌을 거야. 고맙다."

그쪽 이야기구나.

"신경 쓰지 마세요. 제가 할 수 있는 일을 했을 뿐인걸요."

"정말로 이상한 여자아이군. 사냐가 마음에 들어할만 해."

라비라타는 혼자서 납득하고 입을 다물었다.

그리고 우리는 무무르트 씨네 집으로 갔다.

"촌장! 유나를 데리고 왔다."

라비라타가 현관에서 집 안을 향해 소리쳤다.

안에서 「들어오게」라는 흔치 않은 대답이 돌아왔다.

"그러면, 나는 돌아가겠다."

라비라타는 그 말만 하더니 떠났다.

나는 「실례할게요」라고 작은 목소리로 말하며 집 안으로 들어갔다. 항상 들어갔던 방으로 가자 무무르트 씨와 사냐 씨가 있었다. 이외에는 아무도 없었다. 아르투르 씨의 모습도 없었다.

"기다리고 있었네, 앉아주게."

들은 대로 바닥에 자리를 잡았다.

나는 다리를 W자로 만들어 편하게 앉았다.

무무르트 씨는 내가 돌아온 이후의 이야기를 들려주었다.

기생수를 쓰러뜨렸다는 것을 알렸다는 것.

다른 사람들이 신성수의 결계 안으로 들어설 수 없다는 걸 확인했다는 것.

"역시 다른 사람들은 못 들어갔나요?"

"그렇네, 그 이후에 몇 명에게 시험해보도록 했는데 아무도 들어가지 못했어."

그 싸움 이후, 한 번 더 신성수가 있는 곳으로 갔구나. 정정하시네~, 라고 생각했지만 나만 싸웠다는 것을 떠올렸다.

"결계는 정상으로 돌아왔어. 이것도 다 아가씨 덕분이지. 고맙네."

고개를 숙이는 무무르트 씨.

엘프의 숲 주변에서 마물들이 사라졌다고 했다. 마물들이 다가온 것은 기생수가 원인이었을 가능성이 있어서 당분간은 상황을 지켜보기로 했다고 한다.

"뭐, 현 상황으로 봤을 땐 괜찮을 것 같아. 유나가 신성수의 결계 안으로 들어설 수 있었던 건 아직까지도 의문이지만 말이야. 정말로 어째서일까?"

몇 번이고 마음속으로 말씀드렸지만 곰 장비 때문일 겁니다. 그 외엔 다른 이유가 떠오르지 않는다. 아마 곰 장비가 없었더라면 들어갈 수 없었을 것이다.

하지만 사실을 말할 수는 없었기 때문에 모른다고 할 수 밖에 없었다.

"그래서 아가씨에게 한 가지 확인을 부탁하고 싶은데."

"뭐죠?"

"정말로 아가씨가 마을을 구해줬다는 것을 입 다물고 있어도 되겠는가? 뭣하면 신성수의 옆에 아가씨의 비석이라도 세워서 대대로 전해지도록 하는 것도—."

"그만두세요!"

무무르트 씨가 말을 전부 꺼내기도 전에 막았다.

엘프들이 영원히 섬기게 된다니 제발 참아주길 바란다. 그런 건 미릴러 마을만으로 충분하다.

미릴러 마을에는 이 이상 이야기가 퍼져나가지 않도록 부탁했지만 지켜지고 있는지는 모른다.

"우리 엘프들을 구해줬으니 적어도 이번 일은 우리 혈족들에게 계승해야 마땅하다고 생각하는데……."

"만드시면 부술 거예요."

나는 곰 장갑을 감아쥔 뒤 무무르트 씨의 앞으로 내밀었다.

"……그렇게까지 말한다면 관두도록 하겠네."

나의 진심이 전해졌는지 무무르트 씨는 떨떠름한 표정으로 물러섰다.

이 사람 정말로 아쉬워하고 있잖아.

사나 씨는 왜 옆에서 웃고만 있는 거야? 막아야지.

엘프들에게 계승된다면 천년 단위로, 자칫 잘못하면 만년 단위로 계승이 되어버릴 거다.

그것만큼은 막아야 한다.

"그래서, 유나에게 보답을 하고 싶은데, 뭐 필요한 거 없어?"

왔다~~~~.

그 말을 기다리고 있었습니다.

크흠, 우선은 곰 하우스의 영구적인 설치. 엘프의 팔찌 만드는 방법. 신성수의 잎도 가지고 싶고, 가지도 쓰임새가 있다면 가지고 싶다. 뭐가 됐건 전설의 나무 같은 거니까 도움이 될지도 모른다. 곰 박스에 담아두면 보관에도 문제없고…….

나머진 식재료일까. 이 마을엔 버섯 종류가 많이 있었다.

구워먹어도 되고, 고기 요리랑 같이 먹어도 되고, 피자 위에 토핑으로 써도 되고, 버섯을 전문가가 아닌 사람이 캐는 건 위험하다. 그런 부분에서 오랜 기간 섭취하고 있는 엘프들이 캔 버섯이라면 안심이 된다.

이 밖에도 무언가 부탁하고 싶은 게 있었던가?

일단 가장 중요한 건 곰 하우스지만 문제는 곰 이동문이다. 아무래도 왕도에서 멀기 때문에 몇 번이고 왔다 갔다 한다면 의심을 사게 될 거다.

어떻게 하지?

곰 하우스를 부탁해야 되는 건지, 말아야 하는 건지…….

이동문을 못 쓴다면 곰 하우스를 세우는 의미가 사라져 버린다.

"으~음."

어쩌지?

"유나, 뭘 그렇게 고민하고 있는 거야? 우리가 할 수 있는 게 있으면 말해줘."

"부탁하고 싶은 건 있는데, 제 비밀과 관련된 거라서 어쩌면 좋을지 고민 중이에요."

"유나의 비밀?"

"네, 알아주면 좋겠는데, 알려지면 곤란하다고 할까."

설명이 어렵다.

"우리 엘프들은 마을을 구해준 아가씨의 비밀을 지킬 거라네. 못 믿겠으면 계약 마법을 써도 좋아."

"계약 마법이요?"

"우리들 엘프가 맹세를 하거나, 엘프의 비밀을 지키도록 하기 위해 사용하는 거라네."

"계약 마법을 발동시키면 그 계약을 거스를 수 없게 돼버려."

그게 뭐야, 조금 무서운데.

"거스르면 어떻게 되는데요?"

"최악의 경우, 죽게 되지. 일단 말하려고 하면 호흡이 곤란해져서 말을 할 수 없는데, 그건 글로 전달하려고 해도 똑같네."

그 정도면 저주 아닌가?

너무 위험하잖아.

"위험하지 않아요?"

"그런 것이 계약이지. 이야기만 하지 않으면 아무런 문제가 없다네."

"애초에 비밀을 발설하지 않겠다는 계약을 맺었는데 말을 하려고 하는 게 잘못된 거잖아."

그건 그렇지만…… 그래도 괴롭다거나 죽게 되는 건 싫은데.

말을 하려고 하면 그렇게 된다는 거라서 두 사람은 그러지 않을 거라 생각하지만 말실수를 하는 경우가 있을지도 모른다.

어제의 일도 그렇다. 다른 사람들 앞에서 내가 입고 있는 곰 팬티에 관해 이야기했었다.

"그 고통이라는 걸 바꿀 수도 있나요?"

"바꾼다니?"

나는 조금 생각했다.

"……웃음이 멈추지 않는다든가?"

조금 생각하다가 떠오른 대로 대답했다.

웃음이라면 괴로운 것 보다는 낫잖아.

"유나는 잔인한 사람이었구나."

"네?"

"즉, 웃음으로 죽이겠다는 거구먼."

이 사람들 무슨 말을 하는 걸까.

다른 사람이 고통스럽지 않도록 생각해낸 건데…….

"못할 건 없지만, 괜찮겠는가?"

"뭐, 고통스러운 것보다는 웃음이 끊이지 않는 편이 나을 것 같아요."

"계속 웃는 것도 고통스러워."

아파하는 모습 보다는 웃으면서 고통스러워하는 편이 낫다.

아무튼 곰 팬티에 관해 발설하려는 사람은 웃으면서 고통스러워하길 바란다. 웃으며 고통스러워지고 싶지 않거든 무무르트 씨의 말처럼 조용히 있으면 되는 거다.

"좋아, 내일까지 준비해두겠네."

"그렇게나 빨리 가능해요?"

"그런 건 어렵지 않지. 기본적인 계약 마법진은 이미 있다네. 그것에서 정신적인 부분만 변경하면 돼."

"그래서 그 비밀이라는 걸 누구에게 말할 거야? 나한테는 알려줄 거야? 아니면 할아버지한테만?"

곰 이동문에 관해 이야기해야 한다면 촌장인 무무르트 씨는 물론이고, 어차피 왕도로 돌아가야 하는 사냐 씨에게도 알려주는 편이 나았다.

곰 이동문이 있는데 사용하지 않고 걸어서 돌아가는 건 귀찮았다.

그러니까 이야기하는 건 촌장인 무무르트 씨, 같이 돌아갈 사냐 씨, 그리고 루이밍일까? 계약을 한다면 곰 폰을 건네줘도 되겠지.

그러므로 세 사람의 이름을 전달했다.

"어머나, 루이밍도 들어가 있네."

"루이밍이라면 입다물어 줄 것 같기도 하고, 알려두는 편이 나을 것 같아서요."

만약 버섯 같은 게 필요해지면 곰 폰으로 부탁할 수 있다.

"그러면 내일까지 비밀로 할 것을 잘 정리해오게."

"유나의 부탁이 궁금해지는 걸."

그건 내일까지 비밀이다.

252 곰 씨, 신성수를 청소하다

이야기를 마친 우리는 신성수로 향했다.

일단 내가 결계 안으로 들어갈 수 있는지에 관한 확인과 청소를 할 거라고 했다.

신성수 안으로 들어갈 수 있는 건 무무르트 씨, 사냐 씨, 아르투르 씨, 세 명뿐이다.

하지만 아르투르 씨는 엘프의 숲 밖에 마물이 있는지 확인하러 갔다고 한다.

그래서 신성수 안으로 내가 들어갈 수 있으면 도와주기로 했다.

신성수가 있는 바위산 앞까지 다다랐다. 무무르트 씨, 사냐 씨는 동굴 앞에 있는 비석에 손을 올렸다. 그러자 비석이 빛나더니 두 사람은 신성수와 연결되는 동굴 안으로 들어갔다.

그 뒤를 내가 따라갔다.

"정말 이상하네."

내가 아무것도 하지 않고 동굴 안으로 들어서는 모습을 본 무무르트 씨와 사냐 씨가 이상하다는 듯 나를 쳐다봤다.

"역시 아가씨는 들어올 수 있군."

네, 곰 장비 덕분이랍니다.

우리가 동굴을 빠져나가자 예쁜 광경이 펼쳐졌다.

"예쁘네요."

커다란 나무에 피어 있는 잎은 푸르게 싹이 터 있었고, 하늘에서 빛이 쏟아져 빛나는 것처럼 보였다.

"그러게, 이것도 유나가 기생수를 쓰러뜨려준 덕분이야."

"감사 인사는 이제 괜찮아요. 그래서 뭐를 하면 돼요?"

"신성수의 잎을 치우면 돼. 신성수의 잎은 차를 만들어 마시기도 하거든."

신성수의 차라…… 이름만 들어도 어쩐지 은혜를 얻을 것 같았다.

"사냐 씨, 이 신성수의 잎에는 뭔가 효과가 있나요?"

나는 바닥에 떨어져 있는 잎을 곰 장갑으로 주우면서 물었다.

"으음, 차로 마시면 마력이랑 피로가 아주 조금 회복되려나."

마력과 피로의 회복이라…… 게임으로 치면 회복제인가.

"피곤한 날 밤에 마시고 자면 다음 날 아침엔 피로가 풀리거든."

효과가 빠르진 않아도 피곤할 때 마시면 좋겠네.

맛은 어떨까?

맛있다면 얻고 싶은데……. 하지만 효과가 있더라도 맛이 없으면 마시고 싶지 않았다.

"참고로 맛은요?"

"평범할 걸?"

이 얼마나 판단을 내리기 애매한 대답인가.

"신성수니까 왠지 맛있을 것 같지만……."

"뭐, 맛의 취향은 사람마다 다르니까 마을로 돌아가면 마셔볼래?"

"그래도 돼요?"

"마을을 구해줬으니 이 정도는 사양하지 않아도 돼. 게다가 만들려고 하면 얼마든지 만들 수 있어."

사냐 씨는 떨어져 있는 신성수의 잎을 쳐다봤다.

확실히 그렇긴 하네.

이게 낙엽이었다면 군고구마를 많이 만들 수 있을 것이다. 다음번에 피나네 자매랑 같이 군고구마를 만들어 먹는 것도 좋겠네.

"사냐 씨, 그 찻잎을 갖고 싶다고 하면 주실 거예요?"

"딱히 상관없어. 할아버지! 유나가 신성수의 찻잎이 갖고 싶대요!"

"그렇다면 이미 만들어 놓은 걸 주도록 하지."

"고맙습니다."

"잎은 많이 있지만 만드는데 시간이 걸리거든."

하지만 피로 회복이 된다면 돈벌이가 될 것 같다. 『피로를 회복하는 신성수의 차』라고 선전해서…….

그러나 엘프들이 그런 장사를 발 벗고 나서서 할 것 같지는 않다.

자기들만 마시는 건가?

"그러면 우리도 잎을 치우도록 할까."

사냐 씨와 무무르트 씨는 바람 마법을 이용해 지면에 떨어져 있는 신성수의 잎을 모았다.

대신할 수 있는 사람이 없으니까 어쩔 수 없이 마을의 촌장과 그의 손녀가 잎을 모으고 있는 모습은, 뭐라고 말해야 할지 모르겠다.

나도 보고 있는 것을 멈추고 돕기로 했다.

작은 회오리바람을 일으켜 잎을 청소기처럼 회오리바람 속으로 빨아들였다. 그리고 회오리바람 안에 잎들이 가득차면 회오리바람을 없앴다. 그러자 잎으로 된 산이 우뚝 생겼다. 이 작업을 몇 번 정도 했더니 잎들이 한 곳으로 모였다.

"유나, 능숙하네. 나도 흉내내볼까."

사냐 씨는 그렇게 말한 뒤 작은 회오리바람을 만들었다.

"어머나, 간단하게 모이네."

그것을 본 무무르트 씨도 따라했다. 역시 엘프라서 그런지 손쉽게 흉내를 냈다. 바람 마법에 대해서는 전문가구나.

우리는 신성수의 잎을 모았다.

꽤 많은 양이 모여서 많은 찻잎을 만들 수 있을 것 같았다.

나는 가지를 주었다. 가느다란 가지는 역시 꺾였구나. 뭐, 이 정도의 피해만으로 신성수를 지킬 수 있었으니까 용서해주겠지. 마력도 줬으니까 신성수도 화내지 않을 거다.

나는 신성수의 줄기를 부드럽게 만졌다.

"유나, 왜 그래?"

가지를 꺾어버렸기 때문에 사과하고 있었다는 말을 하면 사냐 씨가 웃을 것 같았다.

"아뇨, 아무것도 아니에요."

그래서 이렇게 대답하고 다시 도우러 갔다.

"가지도 모아져 있는데 사용하는 곳이 있나요?"

신성수의 나뭇가지니까 튼튼하다든지, 잘 타지 않는다든지, 무언가 쓰임새가 있을 법했다.

"부적을 만들기도 해. 신성수는 우리를 오랜 기간 지켜줬잖아. 그래서 그 나무로 만든 부적은 효과가 있다고 전해 내려오고 있어."

"효과가 있나요?"

게임으로 말하자면 행운 수치가 오른다든가?

"글쎄, 어떨까? 하지만 우리 엘프들은 수호를 받고 있다고 여겨."

종족 특유의 신앙심 같은 건가.

그렇다면 효과는 있든 없든 상관없었다.

"가지를 조금 받을 수 있나요?"

"갖고 싶어?"

"이야기를 들으니까 갖고 싶어져서요."

"말해두지만, 효과에 관해선 보증 못해."

그래도 신성수의 나무잖아. 엘프의 숲을 에워싸는 크기의 결계를 만들어내는, 엄청난 마력을 지닌 나무의 가지라니까? 어딘가에 쓰임새가 있을지도 모르잖아. 게임에서는 이런 아이템을 확보해두는 것이 상식이다.

곰 박스에 수납 한계는 없는 것 같으니까 걸리적거리지도 않는다.

나는 무무르트 씨에게 허가를 받고 뻔뻔하지만 두꺼운 가지부터 가느다란 가지까지 전부 챙기기로 했다.

그런 다음, 기생수 덩굴의 잔해를 처분하고 기생수가 남아있지 않은지 구석구석 확인했다.

재생은 하지 않았겠지만 꺼진 불도 다시 볼 겸 돌아봤다.

그리고 정리를 마친 우리는 마을로 돌아갔다. 그 다음, 약속대로 신성수의 차를 대접 받게 됐다.

"입에는 맞니?"

차의 색은 갈색이었다. 녹색이 아닌 모양이다.

향을 확인해 봤다. 이상한 냄새는 안 난다. 나는 한 모금 마셨다.

응, 조금 쓰긴 하지만 맛있었다. 피로 회복의 효과는 아쉽지만 모르겠다.

그거야, 피곤하지 않은 걸.

우선, 효과는 모르겠지만 일단 신성수의 차를 받아두기로 했다.

피로 회복에 좋다면 가게에서 일하고 있는 모두에게 가져다주는 것도 좋으리라.

253 곰 씨, 계약 마법을 발동시키다

신성수의 잎을 정리하고 차를 대접받은 다음 날, 계약 마법을 발동시키기 위해 무무르트 씨의 집으로 향했다.

그리고 문을 두드린 뒤 들어서자 베나 씨가 있었다.

"남편은 항상 있는 방에서 기다리고 있으니까 가보렴."

그렇게 말한 베나 씨는 외출하는지 집에서 나가버렸다.

나는 항상 모였던 방으로 향했다.

"유나, 기다리고 있었어."

방 안으로 들어가니 무무르트 씨와 사냐 씨, 루이밍의 모습이 있었다.

"준비는 다 해뒀네. 언제든 시작할 수 있어."

무무르트 씨의 앞에는 커다란 양탄자가 펼쳐져 있었다. 예쁜 모양이 그려져 있었다. 어제까지는 없었는데…….

이 위에 앉으면 되는 건가?

"미안하지만 양탄자 위에는 올라가지 말아주게."

"죄송해요."

"괜찮네, 이 양탄자는 계약 마법에 필요한 마법진이야."

"그래요?"

양탄자를 다시 바라봤다. 예쁜 원형의 무늬가 그려져 있었다.

"저기, 저도 계약을 한다고 들었는데요."

루이밍은 자세한 이야기를 듣진 못했는지 조금 불안해 했다.

"루이밍에게 내 비밀을 알려주고 싶어서 그래. 그렇지만 다른 사람들에게 알리고 싶지는 않거든, 부탁해도 될까?"

"저, 유나 씨의 비밀이라면 입 밖으로 꺼내지 않을 거예요. 유나 씨가 계약을 하고 싶으시면 할게요."

"루이밍, 고마워."

내가 고맙다는 말을 하자 루이밍도 기뻐했다.

"그러면, 계약을 발동시켜보겠네. 루이밍, 먼저 나와 사냐가 계약을 할 테니까, 계약을 하는 동안 집에 아무도 들어오지 못하도록 집 앞에서 경계를 서주렴."

이 집은 집주인의 허가를 받지 않고도 아무나 막 들어온다.

루이밍은 경계를 서기 위해 현관으로 갔다.

설마, 조금 전 베나 씨가 집을 나간 건 무무르트 씨가 나를 신경 써서 밖으로 나가게 하신 걸지도 모른다.

"그러면 계약을 시작하도록 하지."

무무르트 씨는 마석을 카펫 위에 두기 시작했다. 개중에는 커다란 마석도 있었다. 내가 가지고 있는 크라켄의 마석 정도의 크기였다. 색깔은 녹색이었는데 녹색을 띈 커다란 마물은 어떤 게 있을까?

역시, 크리켄 정도로 커다란 마물이 아니면 얻을 수 없는 건가?

그런 생각을 하면서 무무르트 씨의 준비 작업을 지켜봤다.

"이것으로 준비는 끝났네. 나머진 아가씨가 마력을 주입하면서 계약 내용을 말하면 돼."

의외로 간단하게 할 수 있는 모양이다.

"그렇게 하면 제 비밀을 발설할 시엔 웃음으로 고통스러워지나요?"

"맞아, 아가씨와의 약속을 거스를 경우엔 너무 웃어서 괴롭게 되지."

그러면 이 양탄자와 마석이 있으면 손쉽게 계약 마법을 쓸 수 있는 거구나. 갖고 싶은데 안 되겠지?

혹시 부탁하면 만들어줄 수도 있지 않을까?

"그래서, 유나의 계약 내용은 뭐야?"

처음엔 곰 이동문에 대해 이야기하려고 했었다. 하지만 하룻밤 동안 생각한 결과—.

"제 모든 비밀을 지켜주셨으면 좋겠는데 하나하나 다 이야기해야 되나요? 지금은 말하고 싶지 않지만 나중에 이야기할지도 모르는데 그때 또 다시 계약 마법을 발동시키는 건 귀찮잖아요."

"간단하게 말해도 된다네."

"그래요?"

"아가씨의 마력에 담겨 있는 부탁에 반응하는 걸세."

"그렇다면 비밀이 늘어났을 경우에도 포함되나요?"

"지금의 아가씨가 알지 못하는 것은 무리지. 어디까지나 현재의 아가씨가 비밀로 하고 싶은 것들만이야."

나중에 하늘을 날 수 있는 스킬을 얻으면 새롭게 계약을 맺어야 하는 거구나.

뭐, 나도 모르는 미래를 계약 마법이 알 수는 없겠지.

그렇지만 이세계의 판타지는 모든 것이 가능하네. 지금 비밀로 하고 싶은 것이 있으면 무엇이든 계약할 수 있는 모양이었다.

판타지 그 자체인 내가 남 말 하듯 이야기하는 건 좀 그런가?

"내가 알고 있는 유나의 비밀이라는 건 곰 팬티뿐이잖아."

"참고로 그것도 포함할 거예요."

사냐 씨를 노려보면서 말했다.

내 곰 팬티는 탑 시크릿이다.

"그러고 보니, 같은 계약 마법을 발동시킨 사이끼리 비밀에 관해 대화를 나누려고 하면 어떻게 되는 거예요?"

"아가씨가 마음먹기에 달렸지. 아가씨가 아무에게도 말하지 않도록 빈다면 그 누구에게도 발설할 수 없네. 하지만 계약자를 포함시키지 않는다고 빈다면 계약자끼리는 그것에 대해 이야기할 수 있지."

으음, 복잡해.

뭔가 생겼을 때의 일을 고려해볼 때 비밀에 관해 말을 나누지 못하게 되면 성가실 수도 있다.

"알았어요, 정했어요."

"그렇다면 시작하겠네."

"저기, 장갑을 끼고도 괜찮은 건가요?"

곰 장갑의 입을 뻐끔뻐끔 거렸다.

"아가씨의 마력만 담을 수 있다면 문제될 건 없어."

나는 곰 장갑을 낀 채 녹색 마석 위로 손을 올렸다. 그러자 무무르트 씨가 반대편에 있는 마석에 손을 두었다.

"마력을 담아서 계약 내용을 말해주게."

나는 마력을 담아서 계약 내용을 말했다.

"제 비밀을 다른 사람에게 발설하지 않을 것. 단, 계약을 나눈 당사자들은 그에 포함되지 않는다."

그러자 마석이 빛을 내기 시작했고 온 방에 눈을 뜰 수 없을 정도로 녹색의 빛이 가득 찼다.

눈이 부셔서 눈을 감았지만 마석에서는 손을 떼지 않았다.

그리고 서서히 빛이 잦아들더니 사라져갔다.

조금만 더 했으면 놀라서 손을 뗄 뻔했다. 이렇게 빛이 나는 거였다면 처음부터 말해주지.

그래도 이것으로 계약이 완료된 건가?

"엄청난 빛이었어."

"이런 건 처음이야. 계약의 중요함은 빛의 세기에 비례한다고 들은 적이 있지. 내가 이제껏 발동해왔던 그 어떤 계약의 빛보다도 강했어. 그만큼 아가씨의 비밀이 중요하다는 거군."

아무래도 이 눈이 부실 정도의 빛은 무무르트 씨와 사냐 씨에게도 예상 밖의 일이었던 모양이다.

하지만 계약 내용에 따라 빛의 세기가 다르다면 나와의 계약 내용이 그만큼 중요하다는 이야기가 된다.

확실히 나의 비밀이라는 단어 속에는 이세계인이라는 것과 신님에 대한 이야기, 인형 옷에 대한 것 등, 이야기할 예정이 없는 것들도 포함되어 있었다.

아마도 그 부분의 영향이 있을지도 모른다.

"그러면 다음은 내 차례구먼."

사냐 씨가 무무르트 씨와 장소를 바꿔 마석에 손을 가져가려는 순간, 방을 향해서 달려오는 발소리가 들려왔다.

"할아버지! 언니! 지금 빛은 뭐예요?!"

루이밍이 방 안으로 달려 들어왔다.

"창문으로 엄청난 빛이 쏟아져 나오던데……."

방 안을 이리저리 보면서 말을 걸어왔다.

아무래도 조금 전의 빛이 집 밖으로 새어 나간 모양이다.

"괜찮다, 아가씨가 계약 마법을 발동시킨 것뿐이야. 그래서 마석이 마력에 반응을 보여 빛이 난 것이란다."

"루이밍, 미안하지만 나도 계약을 해야 하니까 조금만 더 경계를 부탁할게."

"응."

루이밍은 현관으로 돌아갔다.

"그러면, 얼른 해버리자고."

사냐 씨는 마석에 손을 올렸다. 나도 반대편 마석에 손을 올려 사냐 씨와 계약을 발동시켰다.

무무르트 씨 때와 마찬가지로 빛이 나왔다.

"남은 건 루이밍 뿐이네."

"그 전에 확인하지."

"확인이요?"

"아가씨도 확인을 해야지 믿을 수 있지 않겠나. 게다가 우리들도 계약 조건인 『웃음』이 어떻게 발동될지 신경이 쓰인다네."

확실히 확인은 필요하겠지만…….

"위험하지 않아요?"

"무리하게 마지막까지 말하려고만 하지 않으면 되네. 루이밍! 이쪽으로 와주렴!"

무무르트 씨가 외치자 루이밍이 찾아왔다.

"이번엔 제가 계약하는 거예요?"

"그 전에 계약 마법의 확인을 할 거야."

"하지만 아직 비밀을 말하지 않았는데요."

"괜찮아. 이미 알고 있는 게 있으니까.

"그렇지."

"할아버지, 시험해보세요."

"아니, 이건 손녀에게 맡기도록 하지."

두 사람은 서로를 노려봤다.

"후우, 알았어요. 제가 먼저 확인할게요. 하지만 할아버지도 하셔야 돼요."

"……알았다."

"루이밍, 이쪽으로 와봐."

사냐 씨가 부르자 루이밍이 이쪽으로 다가왔다.

"그러면 말할게요. 유나의 패, 패패패, 팬은……."

"잠깐……."

무슨 말을 하려는 건가 싶었는데…….

"팬?"

루이밍은 작게 고개를 갸웃거렸다.

사냐 씨가 하는 말을 이해하지 못한 모양이다. 하지만 나는 알고 있지. 내 팬티에 관해 이야기하려고 하는 것이다.

사냐 씨는 팬티라고 말하려 했지만 말을 못했다. 그리고 입가가 실룩 거리더니 크게 웃기 시작했다. 그럼에도 말하려고 하자 너무 웃어서 기침을 하거나 눈물을 흘리거나 바닥을 나뒹굴었다.

뭐지, 조금 전부터 「팬」에서 멈추고 웃어대니까 내가 곰 팬티를 입고 있는 모습을 떠올려서 웃고 있는 것 같았다.

만약 계약 때문에 웃고 있는 것이 아니었다면 「유나가 말이야, 곰 팬티를 입고 있었어」라며 비웃음을 당한다고 생각했을지도 모른다.

그건 그렇고 사냐 씨는 웃으면서 많이 괴로워 했다.

설마 평범하게 괴로운 것보다 심각한 건가?

그런 후, 웃음이 멈출 때까지 몇 분이 지났다.

"하아, 하아, 하, 할아버지! 보통의 계약보다 더 괴로운데요?"

사냐 씨가 숨을 헐떡이며 무무르트 씨를 향해 호소했다.

"그런 말을 해도 나는 모른다."

무무르트 씨도 사냐 씨의 상태를 보고 얼굴이 굳었다. 무무르트 씨도 이렇게까지 심각할 줄은 몰랐던 모양이다.

"그러면, 이번엔 할아버지 차례죠?"

사냐 씨는 악마의 미소를 지으면서 종이와 펜을 무무르트 씨에게 건넸다.

"아니, 필요 없지 않니. 확인도 확실하게 했고—."

무무르트 씨는 도망치려 했다.

"할아버지만 쏙 빠져나가는 건 안 되죠. 이번엔 글로 쓸 수 있는지 확인해보죠."

사냐 씨는 종이와 펜을 무무르트 씨에게 건넸다.

"확인은 필요하죠."

"……."

무무르트 씨는 포기한 듯 종이를 건네받았다. 그리고 글을 써 내려가기 시작했다. 아마도 무무르트 씨도 나의 곰 팬티를 적으려고 하는 거겠지.

무무르트 씨가 글을 쓰기 시작한 후 몇 글자를 적자 손이 떨리더니 글을 쓸 상황이 아니게 되었다. 펜을 내팽개치고 종이를 구겨 쥔 채 조금 전의 사냐 씨와 비슷하게 웃었다.

사냐 씨는 웃음을 흘렸고 루이밍은 곤란한 얼굴을 지었다.

으음, 이건 너무하네.

생각 없이 웃음으로 변경하는 게 아니었어.

사냐 씨가 차라리 괴로운 편이 낫겠다고 말한 건 사실일지도 모른다.

그리고 몇 분 후, 무무르트 씨는 아무 일도 없었던 것처럼 아무 말 없이 자세를 고쳐 앉았다.

"크흠, 이것으로 계약 마법의 효과는 알았겠지."

기침을 한 번 하고 내 쪽을 바라봤다.

"나는, 절대로 유나의 비밀을 말하지 않을 거야."

무무르트 씨의 모습을 보고 자신이 어떤 모습을 했었는지 깨달은 사냐 씨는 강하게 맹세했다.

뭐, 그렇게 웃는 모습은 다른 사람에게 보이고 싶지 않겠지.

나라도 싫었다.

"그러면 마지막으로 루이밍 차례야."

"저기, 정말로 계약을 해야 하는 건가요?"

조금 전의 두 사람의 모습을 보고 루이밍의 얼굴이 굳어 있었다.

그 모습을 본다면 계약하기 싫겠지…….

“저, 유나 씨의 비밀을 절대로 말하지 않을 거예요. 약속할게요.”

“루이밍, 이건 유나와의 약속인 거야. 유나는 이 마을을 구해줬어. 그래서 부탁하고 싶은 게 있지만, 유나의 비밀과 관련이 있어서 아무에게도 알리지 않기를 바라나 봐. 그럼에도 루이밍에게는 알리고 싶다고 했어. 루이밍은 그런 유나의 마음을 거절할 거야?”

사냐 씨는 슬픈 표정을 지었다.

응, 이 얼굴은 거짓말을 하고 있는 얼굴이네. 루이밍만 빠져나가지 못하도록 연기를 하는 거다. 하지만 여기에 속아 넘어가는 아이가 있었다.

“……알겠어요. 아무에게도 말하지 않으면 괜찮은 거잖아요. 그래도, 확인해보는 건 절대로 싫어요.”

루이밍은 계약 마법이 제대로 성사되었는지 확인하는 건 강하게 거부했다.

뭐, 나라도 절대로 거절할 거야.

그래서 나도 그것을 승낙했다.

참고로 루이밍이 계약을 할 때는 사냐 씨가 현관에서 경계를 섰다.

254 곰 씨, 비밀을 말하다

세 명과의 계약 마법이 끝났다.

"그래서, 우리에게 부탁은 하고 싶지만 비밀로 해줬으면 한다는 게 뭐야?"

"집을 짓고 싶어요."

"그 정도라면 상관없지만 집을 지어서 어떻게 한다는 겐가. 저번에도 물었지만 이 마을에서 살 건 아니라고 하지 않았나."

"네, 집 안에 이걸 두고 싶거든요."

나는 그렇게 말하고 곰 이동문을 꺼냈다.

"유나! 이게 뭐야?!"

갑자기 문이 나오자 세 사람은 놀랐다.

"이동문이에요. 이 문을 열면 왕도에 있는 제 집으로 이동할 수 있죠. 이 마을에 왔다 갔다 하고 싶어서 집을 지어두고 싶은 거예요."

"그런 게 가능할 리 없잖아."

뭐, 보통은 믿지 않겠지.

나는 증명하기 위해 곰 이동문의 문을 열었다.

곰 장갑에 의해 열려진 문 너머는 무무르트 씨의 방 안이 아닌, 왕도에 있는 곰 하우스 집안으로 연결되었다. 문 너머로 본 적 없는 장소가 펼쳐지자 세 사람은 경악한 표정을 지었다.

"어떻게 되어 있는 거야?"

"문 너머가……."

"……."

세 사람은 곰 이동문이 열린 문 안쪽을 눈을 휘둥그레 뜨고 바라봤다.

사냐 씨는 곰 이동문의 뒤를 보는 등, 이리저리 곰 이동문의 주변을 수상쩍은 듯 돌았다.

루이밍은 훔쳐보듯 곰 이동문 안을 봤지만 안으로 들어서지는 않았다.

"정말로 저 너머가 왕도로 이어져 있는 거야?"

"왕도에 있는 제 집이랑 이어져 있어요."

먼저 내가 문을 넘어 왕도에 있는 곰 하우스로 이동했다.

내가 통과해보이자 사냐 씨도 긴장하며 곰 이동문을 통과했다. 사냐 씨가 통과하자 루이밍과 무무르트 씨도 뒤따랐다.

이동한 세 사람은 집 안을 빙 둘러봤다.

곰 이동문을 설치한 방 안이었다. 짐들은 조금만 있어서 방 안이 허전했다.

"정말로 왕도에 있는 유나네 집이야?"

"사냐 씨라면 밖으로 나가자마자 알아차릴 거예요."

곰 하우스 안에서는 이곳이 왕도인지 분간이 안 되기 때문에 모두를 데리고 곰 하우스를 빠져나왔다.

곰 하우스를 나오자 눈앞에 펼쳐진 건 사냐 씨가 잘 아는 왕도의 모습이었고 루이밍이 쓰러져 있던 곰 하우스의 앞이었다.

그리고 세 사람이 바라보고 있는 시선의 끝에는 이 왕도에서 가장 높은 건물이자 다른 곳에는 없는 유일무이한 건물이 서 있었다.

"……성이야. ……정말로 왕도인 거니?"

"안 믿겨요."

"이렇게 한 순간에……."

사냐 씨는 익히 알고 있는 풍경에 아연했고 루이밍은 주변을 이리저리 둘러봤다. 무무르트 씨는 놀란 표정으로 성을 바라보고 있었다.

그러던 중 사냐 씨가 걸어가려고 해서 곰 장갑으로 팔을 붙잡았다.

"사냐 씨, 어디 가시는 거예요?!"

"확인을……."

"확인 같은 거 안 해도 여기가 왕도라는 것쯤은 사냐 씨도 아시잖아요?"

"그렇긴 하지만……."

왕도라는 걸 알지만 마음으로 받아들이기는 힘든 모양이다.

"여기에 있을 리가 없는 사냐 씨가 지인의 눈에 띈다면 일이 복잡해질 테니, 돌아가도록 하죠."

언제까지고 곰 하우스 앞에 우두커니 서 있다가 아는 사람이라도 만나면 일이 성가셔진다. 사냐 씨의 팔을 잡아당기며 루이밍의 어깨를 두드리고 무무르트 씨를 불러, 모두를 데리고 곰 하우스로 다시 들어갔다.

그리고 곰 이동문을 통해 무무르트 씨네 집으로 돌아갔다. 돌아와선 잊지 않고 문을 잠갔다.

"믿기지 않는구나."

무무르트 씨는 바닥에 주저앉아 책상다리를 했다.

"유나, 이건 도대체 뭐니?"

사냐 씨는 곰 이동문을 만지며 물었다.

"제가 가지고 있는 마법 도구예요."

신님에게 받은 스킬이라고는 말할 수 없으니까 마법 도구라고 해두자.

"마법 도구?"

"문과 문을 연결해서 이동할 수 있는 마법 도구죠."

"유나, 어디에서 이런 걸……."

"죄송해요. 말할 수 있는 건 여기까지예요. 이것도 거의 다 알려준 거나 마찬가지예요."

곰 이동문에 관해서 이 이상은 알려줄 수 없었다.

"하지만……."

"사냐!"

사냐 씨가 입을 열려고 했지만 무무르트 씨가 막았다.

"아가씨가 말 못한다고 하잖니. 우리 엘프들도 말하지 못한 것들이 많잖아. 그것과 같은 거라고 생각하거라. 아가씨가 여기까지 말해줬으니 충분해. 어떻게 손에 넣었는지를 듣는다 해도 우리들이 아가씨를 대하는 태도에는 변함이 없어."

"할아버지……."

사냐 씨는 말을 삼키고 입을 다물었다.

아마도 이것저것 물어보고 싶은 걸 참고 있는 것 같았다.

뭐, 사냐 씨의 마음을 모르는 것은 아니다. 하지만 이 이상은 말할 수 없다.

사냐 씨는 무무르트 씨와 나를 보더니 작게 한숨을 내쉬고 포기한 표정을 지었다.

"알았어요. 더이상 묻지 않을게요. 게다가 들으면 무서워서 잠들 수 없을 것 같아. 그런데 어째서 이런 대단한 비밀을 알려준 거야? 비밀로 해두는 편이 나았던 거 아냐?"

지당한 질문이다.

"아까도 말했지만 엘프 마을을 자유롭게 다니고 싶은 게 가장 큰 이유예요. 루이밍과 무무르트 씨는 제가 왕도에서 왔다는 걸 알고 계시잖아요. 그리고 루이밍은 왕도가 얼마나 먼지도 알고 있죠. 그런 제가 엘프 마을에 빈번히 나타난다면 이상하게 여기겠죠."

"네, 이상하다고 생각할 것 같아요."

왕도까지 오는데 고생을 한 루이밍은 수긍했다.

“하지만 저는 이 마을에 자주 다니고 싶으니까 루이밍과 무무르트 씨에겐 알리고 싶었어요. 만약 이상하다고 여기는 주민이 있으면 잘 넘겨주시면 감사하겠습니다.”

“나는?”

“사냐 씨는 왕도로 같이 돌아가기로 했잖아요. 알려주지 않으면 왕도로 돌아가는 게 귀찮기도 하고……, 엘프 마을에 무슨 일이 있을 때 이동문을 쓸 수 있다면 사냐 씨에게도 좋지 않겠어요?”

두 번 다시는 이번과 같은 일이 일어나지 않기를 바라지만…….

“확실히, 일순간에 돌아갈 수 있는데 긴 여정을 거칠 필요는 없지. 무엇보다도 손쉽게 되돌아올 수 있다는 건 큰 도움이 될 거야.”

사냐 씨는 내 말을 듣고 납득했다.

그렇게 먼 거리인데도 한 순간에 왕도로 돌아갈 수 있다면 누구라도 그쪽을 택할 것이다.

사냐 씨는 곰 이동문에 손을 뻗어 열려고 했다.

“문은 제가 아니면 열 수 없어요.”

“그래?”

사냐 씨는 시험 삼아 문을 열려고 했지만 열리지 않았다. 루이밍과 힘을 합쳐 열려고도 했으나 역시 열리지 않았다.

“정말로 안 열리네.”

“그러니 사냐 씨 혼자서 이동하는 건 안 돼요.”

“아쉽네. 된다면 가끔 빌리려고 했는데.”

다른 사람이 쓸 수 있게 된다면 여러 가지로 골치 아파지니까.

그 부분은 신님, 굿잡입니다.

두 사람은 포기하고 곰 이동문에서 떨어졌다.

“이 문을 열면 왕도로…… 고생해서 왕도까지 갔는데…….”

루이밍은 자신의 고생이 부질없는 일처럼 느껴졌는지 고개를 숙였다.

“이건 설치한 장소끼리만 이동할 수 있어서 어쨌든 한 번은 들려야 만들 수 있어.”

“그렇긴 하지만…….”

루이밍은 납득이 가지 않는 모양이다.

뭐, 루이밍은 눈물이 날 정도로 슬픈 사건이 있었고 첫 대면 했을 땐 배가 고파서 쓰러져 있었다. 왕도로 가기 위해 고생한 루이밍은 손쉽게 왕도로 갈 수 있는 방법을 알게 되어, 자신이 했던 고생이 쓸모없는 일처럼 느껴지는 모양이다.

하지만 혼자만의 여정은 좋은 경험이 됐을 테니 쓸모없지는 않을 거다.

“루이밍, 만약 이동문으로 이동을 했었다면 미란다 씨를 만나지 못했을 거고, 나랑도 만나지 못했을 거야. 그러니까 자기 자신의 인연을 없었던 일로 치면 안 돼.”

“……그렇네요. 미란다 씨와 유나 씨를 만난 것은 여러 일들이 있었던 덕분이죠."

루이밍은 납득했다.

"이제야 유나가 왕도에 자주 출몰하는 이유를 알게 된 것 같아."

"비밀은 지켜주셔야 해요."

"알고 있어. 말할 생각도 없고, 마을을 구해준 유나를 배신하진 않아. 무엇보다도 그 웃음은 괴로워."

그 웃음 지옥이 고통스러웠는지 자신의 양 어깨를 감싸고 몸을 살짝 떠는 사냐 씨.

"그건 그렇고 유나의 비밀이 뭘까 했더니 말도 안 되는 거였네."

사냐 씨는 어안이 벙벙한 얼굴로 한숨을 내쉬었다.

"그 계약의 빛도 이해했어."

납득을 해줬으므로 곰 이동문을 정리했다.

"그래서, 유나의 비밀이라는 건 지금 보여준 문 뿐인 거야? 그런 거라면 모든 비밀이 아니라 문에 대해서만 비밀로 하면 되는 거 아니야?".

"무릇 처녀에게는 비밀이 많은 법이지요."

"곰 팬티라든가?"

"사냐 씨, 왕도에 혼자 돌아가고 싶으세요?"

"농담이었어, 미안."

사냐 씨는 양손을 맞대어 사죄했다.

"그렇다면 이 외에도 있다는 거네."

나는 루이밍 쪽을 바라봤다.

"루이밍, 손을 잠깐 내밀어 줄래?"

"왜 그러세요?"

루이밍은 의심하지 않고 손을 내밀었다.

그런 루이밍의 손바닥 위에 나는 작은 곰 장식물을 두었다.

"귀엽네요. 저한테 주시는 거예요? 방에 장식할게요."

루이밍은 기뻐하며 곰 폰을 바라봤다.

"루이밍, 참고로 그건 곰 장식물이 아니야."

"그런가요?"

루이밍은 고개를 갸웃거렸다.

"그건 멀리 떨어져 있을 때도 나와 대화를 나눌 수 있는 마법 도구야."

"멀리 떨어져 있을 때요?"

의미가 통하지 않는 건지 루이밍은 갸우뚱거렸다.

"유나, 그게 무슨 말이야?"

"말한 그대로예요. 아무리 떨어져 있어도 서로의 도구를 이용하면 대화를 나눌 수 있죠."

나는 곰 폰을 하나 더 꺼냈다.

"그렇다는 건 즉, 이 마을에 있는 루이밍과 왕도에 있는 내가 이야기를 나눌 수 있다는 이야기야?"

"루이밍과 사냐 씨는 대화를 나눌 수 없어요."

"그런거니?"

"이 마법 도구는 제가 나머지 하나를 가지고 있지 않으면 사용할 수 없거든요."

사냐 씨는 자신이 사용할 수 없다는 것을 알자 조금 아쉬워했다.

"엄청난 마법 도구인데, 정말로 멀리 있는 사람이랑 대화가 가능하다고?"

곰 이동문까지 봤는데도 믿기지 않는 모양이다.

"자, 그러면 루이밍, 사용법을 알려줄 테니까 해볼까."

"아, 네."

루이밍은 조금 긴장한 듯 곰 폰을 쥐었다.

"그렇게 말은 했지만 어렵지 않아. 손에 쥐고 말하고 싶은 상대를 떠올린 후에 마력을 보내기만 하면 돼. 지금은 나를 떠올려 봐."

나는 시험 삼아 해보았다.

그러자 루이밍이 가지고 있는 곰 폰이 「크~응, 크~응」 하고 울기 시작했다.

"곰 님이 울고 있어요!"

"이 곰이 울기 시작하면 내가 대화를 나누고 싶다는 뜻이니까, 마력을 조금 흘려보내면 나와 이야기를 나눌 수 있게 돼."

루이밍이 곰 폰으로 마력을 보내자 울음소리가 그쳤다.

"말을 할 때는 그 곰을 향해서 말을 하고, 내 목소리는 곰의 입에서 흘러나올 거야. 그럼, 이번엔 루이밍이 해볼래?"

“네, 네.”

루이밍은 눈을 질끈 감고 곰 폰을 감싸 쥐었다. 그러자 내가 가지고 있는 곰 폰이 「크~응, 크~응」 하고 울기 시작했다.

“곰 님이 울었어요.”

루이밍이 기쁜 듯 내가 가지고 있는 곰 폰을 바라봤다.

“이것으로 내가 마력을 보내면 제아무리 떨어진 장소에 있다고 해도 루이밍이랑 이야기를 나눌 수 있어.”

“유나 씨, 정말로 대화가 가능한가요?”

“으음, 그렇다면 루이밍, 조금 떨어져볼래?”

직접 보여준다면 믿겠지.

“저기, 어느 정도 멀어져야 될까요?”

“목소리가 들리지 않는 다른 방이면 되지 않을까?”

“그러면, 2층으로 갈게요.”

“올라가면 한 번 더 아까랑 똑같이 해봐.”

“그럴게요.”

루이밍은 종종걸음으로 방에서 나갔다.

그리고 조금 기다리자 내가 가지고 있는 곰 폰이 「크~응, 크~응」 하고 울기 시작했다.

내가 마력을 보내자 울음이 그쳤다.

『저기, 유나님, 들리시나요?』

“들려.”

곰 폰에서 루이밍의 목소리가 들렸다.

『정말로 유나 씨의 목소리가 들리네요.』

"참고로 내가 가지고 있으면 사냐 씨와도 이야기할 수 있어."

나는 손에 쥔 곰 폰을 사냐 씨 앞으로 내밀었다. 사냐 씨는 곰 폰을 향해 말했다.

"루이밍, 내 목소리도 들리니?"

『응, 언니 목소리도 들려.』

"내 목소리도 들리니?"

무무르트 씨까지 곰 폰을 향해 말을 건넸다.

『네, 들려요.』

"그러면, 이만 돌아와."

확인을 마친 나는 루이밍에게 돌아오도록 말했다.

『네.』

대답을 하고 계단을 뛰어 내려오는 소리가 들렸다.

"유나 씨, 대단하네요. 정말로 유나 씨랑 언니, 할아버지의 목소리가 들렸어요."

루이밍은 흥분한 듯 방으로 돌아왔다.

"유나, 정말로 아무리 멀리 떨어져 있어도 이야기를 나눌 수 있는 거야?"

"가능하다니까요."

이미 크리모니아에 있는 피나와도 이야기를 나누고 있었다.

"유나 씨, 정말로 제가 받아도 되는 거예요?"

"괜찮아. 만약 엘프 마을에 오게 되면 미리 연락할 테니까 루이밍도 무슨 일 생기면 연락해줘."

"알겠어요. 하지만 언니와 이야기를 나누지 못한다는 건 아쉽네요."

"무슨 일 있으면 전달 정도는 할게."

"그럼, 잘 부탁드릴게요."

"그렇지만 사용할 때는 조심해야 돼. 남에게 알려지면 웃음 지옥이 기다리고 있으니까 말이야."

"으~ 갑자기 울리는 거 아니에요?"

"뭐, 내가 말을 건넬 때는 그렇겠지."

"알겠어요. 울리면 서둘러서 사람이 없는 곳으로 이동할게요."

루이밍은 곰 폰을 꼬옥 쥐었다.

"유나 씨, 그런데 이 물건의 이름은 뭐죠?"

"곰 폰이라는 이름이 있긴 한데—."

"곰……."

사냐 씨가 무언가 말하고 싶은 듯했다.

"곰 폰, 귀여운 이름이네요."

그래도 루이밍은 귀엽다고 말해줬다. 착한 아이로군.

"참고 삼아 묻는 건데, 조금 전 문은?"

"곰 이동문이에요."

"곰……."

하고 싶은 말은 알지만 나는 무시했다.

내가 붙인 이름이 아닌 걸.

255 곰 씨, 왕도로 돌아오다

곰 이동문과 곰 폰. 내 비밀 중 일부에 관해 이야기를 마쳤다.
"아가씨의 비밀은 알았네. 이 마을의 촌장으로서 아가씨와의 약속을 지키도록 하지. 그리고 아가씨가 이 마을에 오는 건 언제든 환영일세."
무무르트 씨가 다시 약속을 해주었다.
"그래서, 이동문을 두기 위해 집을 짓고 싶은 거예요."
"응, 가능하다면 눈에 띄지 않는 장소가 좋을 것 같은데."
"지금은 강의 상류에 있지. 아이들이 강에서 놀기도 하니까 발견될 수도 있을 거야."
발견한다면 소동이 일어날 것 같다.
"그래서 생각해봤는데, 신성수가 있는 곳은 안 될까요?"
신성수의 결계가 둘러져 있는 바위산의 안쪽. 주위에서 보일 일은 없다. 안으로 들어갈 수 있는 사람은 한정되어 있었다.
하지만 그 장소는 엘프에게 있어서 소중한 장소였다. 밑져야 본전이라는 마음으로 물어봤다.
"분명 그곳이라면 우리 이외에는 들어가지 못 하겠지만……."
사냐 씨는 대답에 곤란해하며 무무르트 씨 쪽을 바라봤다.
"그것에 관해서 사냐에게 할 말이 있단다."

"뭔데요?"

"앞으로의 일을 생각하면 결계를 다시 만들어야겠어. 너는 당분간 돌아오지 않을 생각이잖니."

"네, 당분간은 나가 있을 생각이에요."

"결계의 해제는 나, 아르투르, 사냐가 없으면 불가능하지. 그렇지만 앞으로 무슨 일이 일어날지는 모르는 일. 그러니까 마을에 있는 루이밍에게 맡길까 싶어."

"저요?!"

루이밍이 놀랐다.

"루이밍도 많이 자랐으니 결계를 칠 수 있을 거야."

분명, 루이밍은 어려서 아직 결계를 칠 수 없다고 사냐 씨는 말했지만 10년 전의 일이다.

10년 전과 비교하면 성장을 했다.

"앞으로 똑같은 일이 일어나지 않을 거라고는 장담하지 못해. 사냐가 마을로 돌아올 때까지 대신하는 거라 생각해주면 돼."

"그렇네요. 그러는 편이 저도 안심할 수 있을 것 같아요."

"그래서 말인데, 아가씨, 신성수의 결계를 다시 칠 예정이라 아가씨는 들어가지 못할지도 모르네. 만약 결계를 다시 쳤는데도 아가씨가 들어갈 수 있다면 집을 세워도 좋아."

무무르트 씨는 결계를 다시 치게 되면 내가 들어가지 못할 거라고 생각하는 모양이다.

만약 내가 출입이 가능해서 결계를 다시 치려한다고 생각하면 내 성격이 나쁘게 되는 건가?

“신성수의 결계 안에 들어갈 수 없게 될 경우에는요?”

“물론 마음에 드는 곳에 지어도 상관없네.”

신성수의 결계 안이 안 되면 강 위에 지을까?

우선은 신성수의 결계 안이 불가능해졌을 때 생각하도록 하자.

“그래서, 아가씨의 부탁은 집을 설치하는 것만으로 괜찮은가? 그런 거라면 제대로 된 보답이 되지 않네. 왕도로 이동할 수 있는 문이나, 루이밍이 받은 멀리 있는 사람과 이야기를 나눌 수 있는 마법 도구는 아가씨뿐만 아니라 우리에게도 득이 되네. 사냐와 연락을 취할 수 있는 건 큰 도움이야. 게다가 아가씨는 기생수만이 아니라 코카트리스를 토벌해주었지 않은가. 그 외에도 있다면 말해주게.”

“저로서는 이 마을에 오는 걸 허락만 해주신다면 그걸로 충분해요. 제가 올 때마다 얼버무리는 건 힘드시잖아요.”

“문제될 건 없네. 근처 마을에서 왔다고 말을 맞추기만 하면 되는 걸. 하지만 그런 거라면 아르투르에게도 알리는 편이 좋을 것 같군.”

“그렇네요. 게다가 신성수의 결계 안에 지을 거라면 아버지도 아시는 편이 나을 것 같아요. 만약 신성수의 결계 안에서 우연히 맞닥뜨린다면 복잡해질 수도 있으니까.”

확실히 집을 신성수 쪽에 짓게 된다면 놀라겠지. 만약 집에서 나오는 모습을 보이기라도 한다면 변명하기가 어려워진다.

"맞는 말이야. 아가씨, 이 일을 아르투르에게 알려주는 건 가능한가? 신성수 이외의 장소에 집을 짓는다고 해도 아르투르에게 알려두는 편이 문제가 생기지 않을 거야. 차기 촌장이 되는 건 아르투르니까. 그 녀석이 알고 있으면 주변 엘프들에게도 설득하기 쉬울 거야."

"계약을 해준다면 상관없어요."

해줄까? 웃음으로 고통스러워질 건데.

"루이밍, 아르투르를 호출해주렴."

"네, 알겠어요."

루이밍은 무무르트 씨에게 부탁을 받고 방을 나섰다.

"라비라타 쪽이 의심할 것 같은데요."

"괜찮아. 왜인지는 모르겠지만 라비라타 녀석은 유나가 마음에 든 모양이야. 게다가 할아버지의 지시에는 따르거든."

그렇다면 다행이지만…….

그러면 그 호의를 받아들이자.

"그리고, 사냐 씨와 루이밍이 가지고 있는 엘프의 팔찌는 저도 가질 수 있는 건가요?"

"아가씨, 그렇게 강한 바람을 쓸 수 있는데도 팔찌를 원하나?"

"알고 있는 여자아이한테 선물을 할까 해서요."

피나에게 준다면 좋아해줄 것 같다.

"유감이지만 만드는 건 불가능하네."

역시 그런 건가.

"그건 부모가 자식에게 주는 선물이라네. 미안하지만 아가씨에게 만들어 줄 수는 없어."

무무르트 씨는 머리를 숙였다.

"아뇨, 괜찮아요. 저도 무리한 부탁을 해서 죄송해요."

만약 손에 넣는다면 피나에게 선물을 할까 싶었을 뿐이다. 피나에게는 버섯과 산채 등, 엘프 마을에서 얻은 것들로 만든 식사를 대접하는 게 좋을지도 모른다.

부탁을 다 마쳤을 무렵 루이밍이 아르투르 씨를 데리고 돌아왔다.

"할아버지, 아버지를 데리고 왔어요."

"아버지, 무슨 일이세요?"

"아르투르, 지금부터 아가씨와 계약 마법을 이행해주겠나. 계약 내용은 아가씨의 비밀을 발설하지 않는 거야."

도착하자마자 무무르트 씨에게 그런 말을 들은 아르투르 씨는 의미를 모르겠다는 표정을 지었다. 그건 그렇다. 갑자기 나와 계약을 맺으라 해도 곤란할 것이다.

"우리는 이미 계약 마법을 발동시켰다. 그런데 아가씨의 비밀을 들으니 네게도 필요할 것 같아서 말이야."

"루이밍도?"

"네, 했어요."

아르투르 씨가 사냐 씨 쪽을 바라보자 사냐 씨도 고개를 끄덕였다.

"알았습니다."

"괜찮으세요?"

아직 내용은 설명하지 않았다.

"촌장인 아버지가 결정하신 일입니다. 게다가 우리의 마을을 구해 준 아가씨와의 계약을 파기할 생각은 없습니다."

그런 이유로 아르투르 씨와도 계약 마법을 발동시켰다.

그리고 아르투르 씨에게도 곰 이동문에 관해서 설명한 뒤 곰 하우스를 신성수 결계 내부에 세우고 싶다는 것을 이야기했다.

물론, 결계를 다시 쳤는데도 내가 들어갈 수 있을 경우에 한해서다.

들어가지 못하게 되는 경우에도 엘프 마을 근처에 곰 하우스와 곰 이동문의 설치는 할 예정이라서, 촌장인 무무르트 씨의 아들인 아르투르 씨와 말을 맞출 필요가 있었다.

이것으로 권력자의 친족과 계약을 성사시켰으니 엘프 마을에 와도 잘 얼버무려 줄 것이다.

참고로 곰 이동문으로 아르투르 씨를 왕도로 데려갔을 때는 무무르트 씨, 사냐 씨, 루이밍과 똑같이 놀랐다.

그런 다음 신성수의 결계를 새롭게 치게 됐다.

그땐 무무르트 씨, 아르투르 씨, 루이밍 세 사람이 결계를 만들었다. 그 순간은 볼 수 없었지만 루이밍은 피곤해하며 돌아왔다. 마력을 많이 소모한 모양이다. 하지만 제대로 결계를 친 것 같았다.

결계를 새롭게 다시 쳐도 나는 안으로 들어갈 수 있었다.

그런 나를 사냐 씨, 무무르트 씨, 아르투르 씨, 루이밍은 이상하게 쳐다봤다.

"결계를 새롭게 치면 유나는 못 들어갈 수도 있다고 생각했는데. 평범하게 들어갈 수 있구나."

사냐 씨는 들어갈 수 없게 된 신성수로 이어지는 동굴의 보이지 않는 벽을 만졌다.

"앗, 저 문은 곰 집 안에 두는 거지. 그렇다면 나, 안으로 들어갈 수 없으니까 왕도로 못 돌아가는 거 아냐?"

"그건 걱정 마세요."

나는 그렇게 말하고 문을 꺼냈다.

"조금 귀찮긴 하지만 결계 밖에서 곰 이동문을 꺼내서 사냐 씨만 왕도로 이동시킬 거예요. 그런 다음 저는 신성수 안으로 들어가서 이동할 거고요."

"한 가지 의문이 있는데, 만약 내가 결계 안의 유나네 집으로 이동하면 어떻게 되는 거야?"

어떻게 되지?

"그건 저도 모르겠는데요?"

"할아버지."

"알 리가 있겠니. 이런 일은 과거에 한 번도 없었던 일이다."

"그러면 시험해보죠."

"저기, 위험하지 않을까요?"

"결계는 들어서지 못하게만 하는 거란다. 죽거나 하진 않아."

한 번 시험해보기로 하고 신성수의 결계 안에 곰 하우스를 설치한 뒤 결계 밖의 사냐 씨가 있는 곳으로 돌아왔다.

"그러면, 신성수 안에 있는 문으로 연결할게요."

나는 곰 이동문을 신성수 안에 있는 곰 이동문으로 연결했다. 나는 곰 이동문의 문 안으로 들어갔다.

그 뒤로 사냐 씨가 들어오려고 했지만 보이지 않는 벽에 저지당했다.

"들어갈 수 없어. 동굴이랑 똑같이 보이지 않는 벽이 있네."

보이지 않는 벽에 손을 가져갔다. 신성수의 결계는 그만큼 단단히 쳐져 있다는 이야기다.

그렇게 되면 피나를 데리고 올 경우에도 밖에 곰 이동문을 한 번 설치해야 한다.

이것만큼은 어쩔 수 없다. 무무르트 씨 쪽도 신성수의 결계 안을 모르는 사람이 출입한다면 기분이 좋지 않을 것이다.

기생수를 쓰러뜨리고 며칠이 지나, 나와 사냐 씨는 왕도로 돌아가게 됐다.

마을의 입구에서 사냐 씨를 기다리고 있는데 마을 사람들이 찾아와 주었다.

"곰 언니, 또 와."

아이들이 다가왔다.

슬퍼하는 아이도 있었지만 이건 어쩔 수 없는 일이다.

"또 올게."

"정말?"

거짓말은 하지 않았다. 또 올 예정이다.

그러니 아이들의 말에 고개를 끄덕여줬다.

아이들과 작별 인사를 하고 있는데 라비라타가 다가왔다.

"유나, 이 은혜는 잊지 않겠다. 무슨 일이 생기면 돕도록 하지."

"마을에 또 올 거예요. 그땐 잘 부탁할게요."

순순히 제안을 받아들였다.

"그래, 유나라면 언제든지 환영이다."

"고마워요."

라비라타와 이야기를 나누고 있는데 사냐 씨가 다가왔다.

"유나, 기다렸지. 라비라타도 있었네?"

"그래, 고맙단 인사를 하고 있었다."

"정말이야. 유나, 이번 일은 정말로 고마워."

"신경 쓰지 마세요. 엘프 마을에 오고 싶다고 했던 건 저인 걸요."

"그래도. 유나가 없었더라면 이 마을을 버려야 했을지도 몰라. 유나는 그만큼 마을을 위해서 최선을 다해줬어."

옆에 있는 라비라타도 고개를 끄덕였다.

"감사 인사를 받았으니 신경 쓰지 마세요."

몇 번이고 감사의 말을 들으면 미안해진다.

사냐 씨는 라비라타와 작별 인사를 나누기 시작했다.

그리고 대화는 예상외의 방향으로 나아갔다.

"라비라타, 어제도 말했지만 기다리지 않아도 돼."

"신경 쓰지 마."

"언제가 될 지도 몰라."

"10년 기다렸다가 오지 않으면 내가 데리러 간다."

두 사람 사이에서 의미심장한 대화가 오갔다.

"사냐 씨?"

"아아, 라비라타는 내 혼약자야."

어쩐지 중요한 이야기를 가볍게 들어버렸다.

"혼약자요?"

"그래, 일단은 말이지."

나는 사냐 씨와 라비라타를 번갈아 바라봤다.

"사냐 씨, 그런 사람이 있는데 왕도에서 길드 마스터를 해도 괜찮아요?!"

"길드 마스터는 재밌잖아."

재밌다니, 뭐, 마음을 이해하지 못하는 것은 아니지만…….

나도 사랑보다 재밌는 쪽을 선택하는 타입이다.

연인이 있었던 적이 없는 내가 말할 건 아니지만 말이다.

"그래도 라비라타 씨가 가엽잖아요."

"그래서 언제 마을로 돌아올지 모르니까 기다리지 않아도 된다고 말한 거야."

"괜찮다. 10년 정도는 기다릴 수 있어."

사냐 씨가 다른 남자와 결혼할 지도 모른다는 생각은 안 하는 건가?

"만약 내가 잊어버리면 데리러 와."

"그래, 반드시 데리러 가마."

아무래도 눈뜨고 볼 수 없을 정도로 뜨거운 커플이었던 모양이다.

10년 만에 재회했다고 하는데도 이 엘프들은 앞으로 10년 더 만나지 않을 각오를 했다.

이러니까 장수하는 엘프는…….

바보 커플은 내버려 두고 이곳을 떠나기로 했다.

그곳에 무무르트 씨와 루이밍이 찾아왔다.

"아가씨, 이번엔 정말로 신세를 졌네. 감사하네."

"유나 씨, 고마웠어요. 또 와주세요."

무무르트 씨와 루이밍이 감사 인사를 했다.

"응, 또 올게."

게다가 산채와 버섯도 얻고 싶다.

모두와 인사를 마친 나는 사냐 씨와 함께 신성수가 있는 바위산까지 갔다.

루이밍과 무무르트 씨가 따라왔다.

나는 곰 이동문을 꺼내고 왕도 곰 하우스의 문을 열었다.

"언니, 또 돌아와야 돼."

"그래, 이번엔 빨리 돌아올게. 유나에게 부탁하면 간단히 돌아올 수 있으니까."

사냐 씨가 나를 바라봤다.

"돈 받을 거예요."

"후훗, 돈으로 사용할 수 있다면 싼 편이지."

확실히 먼 거리를 시간을 들여 지나오는 것과 비교한다면, 다소의 금액은 싼 편일지도 모른다. 게다가 사냐 씨는 왕도의 길드 마스터이니 돈에는 곤란하지 않을 것이다.

"유나 씨, 언니를 잘 부탁드릴게요."

"잠깐, 내 쪽이 연상이야."

루이밍의 말에 사냐 씨는 반론했다.

엘프와 나이를 비교할 생각은 없었다.

"그렇지만 유나 씨 쪽이 더 똑 부러지는 걸."

"그렇지 않아. 이래 봬도 모험가 길드의 길드 마스터라고."

인정하지 않는 사냐 씨.

처음 만났을 때는 위엄이 있었던 것 같은데 지금은 그런 위엄이 보이지 않는다.

그만큼 이 여정으로 사냐 씨의 여러 모습을 알게 된 걸까?

나는 그런 사냐 씨를 보고 미소를 지은 뒤 루이밍 쪽을 바라봤다.

"루이밍, 새로운 신성수의 찻잎이 만들어지면 연락해줘. 곧장 올 테니까."

"네, 연락드릴게요. 유나 씨, 정말로 고마웠어요. 왕도에서 유나 씨를 만났던 게 가장 큰 행운이었어요."

"그렇게 말해줘서 기뻐."

"할아버지, 또 올게요."

"라비라타를 너무 많이 기다리게 하지는 말거라."

사냐 씨는 웃으면서 곰 이동문으로 들어갔다.

나는 곰 이동문을 다시 정리하고 신성수가 있는 동굴로 향했다.

나는 결계에 막히지 않고 지나친 뒤 곰 하우스 안에 있는 곰 이동문을 사용해서 왕도로 돌아왔다.

256 곰 씨, 크리모니아로 돌아오다

왕도에 있는 곰 하우스로 이동하고 사냐 씨와 함께 밖으로 나갔다.

“아직도 믿기지가 않아. 조금 전까지 우리 마을에 있었다니.”

사냐 씨는 신기한 듯 눈앞에 있는 왕도의 풍경을 바라봤다.

“아무에게도 말하지 말아주세요.”

“알고 있어. 나도 웃다가 죽기는 싫으니까. 게다가 마을을 구해준 은혜를 원수로 갚는 바보 같은 짓은 안 해. 유나도 왕도에서 곤란한 일이 생기거든 신경 쓰지 말고 모험가 길드로 와.”

사냐 씨는 왕도의 모험가 길드의 길드 마스터이다. 무슨 일이 생긴다면 이 호의를 받아들이기로 했다. 여차할 땐 권력이 도움이 되니까.

“그러면 사냐 씨, 저도 돌아가 볼게요. 무슨 일 있으면 연락 주세요.”

“아 참, 유나, 이거 받아주겠어?”

사냐 씨는 돌아가려는 나를 붙잡고 깃털이 달려있는 키홀더 같은 물건을 내밀었다.

“이건?”

“내 소환조, 폴그의 깃털로 만든 거야.”

그렇게 말하고 소환조를 소환했다.

사냐 씨의 팔에 독수리 같은 새가 올라섰다.

"제가 옷을 갈아입는 걸 훔쳐본 새의 이름이 폴그였군요."

폴그라. 어쩐지 멋있는 이름이다.

내 곰돌이, 곰순이와 견줄만하다.

"아직 마음에 두고 있는 거야? 그건 갑자기 옷을 벗은 유나 잘못이지."

알고 있지만 납득은 할 수 없었다.

"그래서 이건 뭔가요?"

깃털이 달린 키홀더에 대해 물었다.

키홀더에는 갈색의 깃털 몇 개가 장식으로 달려있었다.

"그걸 지니고 다녀도 되고 집 창문가에 장식해둬도 돼. 그걸 표식으로 이 아이가 날아갈 거야. 무슨 일이 생기면 연락할게."

조금 다르지만 전서구[#1] 같은 개념인 건가?

그건 그렇고 사냐 씨의 소환조는 그런 것도 할 수 있구나.

뭐, 비둘기도 장거리 비행은 가능하니 소환조가 할 수 있다고 해도 이상한 일은 아니었다.

"사실은 루이밍에게 준 곰 형태를 한 마법 도구를 선물해주면 기쁠 텐데……."

"더는 없어요."

#1 전서구 서신 등을 전달하는 새.

그런 거짓말을 해뒀다.

사냐 씨에게 곰 폰을 주면 일 관련 연락이 올 것 같아서 주고 싶지 않았다.

“알고 있어. 그런 마법 도구가 몇 개씩이나 있을 거라고 생각 안 했어.”

미안합니다. 몇 개든지 만들 수 있습니다. 단, 연락은 저한테만 할 수 있죠.

“이건 방 안에 장식해둬도 되나요?”

“괜찮아. 자신의 깃털이 있는 곳으로 날아가거든.”

그렇다는 건 곰 박스에 담아두는 건 안 되는 거겠지.

곰 박스의 시스템을 잘 알지 못하지만 소환조가 오지 않을 가능성이 높다. 들은 대로 집 어딘가에 장식해두는 편이 좋을지도…….

“장식은 해두겠지만 일 관련 연락은 안 받을 거예요.”

“그건 유감이네.”

그다지 유감스럽게는 보이지 않는다.

뭐, 왕도이기도 하고 모험가들이 많으니까 일부러 나를 호출할 필요는 없으려나.

“그래도 이런 게 가능하다면 엘프 마을로 보내는 것도 가능한 거 아닌가요?”

사람들 이야기에 따르면 10년이나 연락이 없었다고 했으니까…….

소환조가 있다면 편지 정도는 보내주면 좋았을 걸.

"당시엔 그렇게 장거리를 비행시킨 적이 없었기도 하고, 생각해 본 적도 없었거든. 게다가 마을까지 날아 갈 수 있는지 확신할 수 없으니까. 이번 기회에 폴그가 마을까지 날아 갈 수 있는지 확인 삼아서 라비라타에게 편지를 보낼 거야. 만약 불가능하다면 유나에게 부탁할 테니까 그땐 잘 부탁해."

"뭐, 편지를 건네주는 정도라면 괜찮아요."

매일 있는 게 아니라면 문제없었다.

사냐 씨의 경우라면 일 년에 한 번일 가능성이 높았다.

이번에야말로 용건을 마친 나는 사냐 씨와 헤어진 뒤 곰 이동문을 이용하여 크리모니아로 돌아왔다.

잊기 전에 사냐 씨에게 받은 깃털 키홀더를 내 방 창문가에 장식해 뒀다.

이걸로 괜찮을까?

뭐, 사냐 씨가 나에게 연락해올 일은 거의 없겠지만 몇 번이고 쓸데없는 이유로 호출하면 즉시 돌려줄 생각이다.

깃털 키홀더를 장식한 나는 곰 하우스를 나섰다.

으음, 오랜만의 크리모니아다. 그렇게 말했으나 열흘 정도 밖에 안 지났다. 그래도 오랫동안 떨어져 있던 기분이었다. 눈앞의 풍경에 아련함이 복받쳤다.

돌아왔다는 기분이 든다.

이젠 이 마을이 고향이 되어가고 있었다.

나는 돌아왔다는 걸 티루미나 씨 쪽에 보고하기 위해 고아원으로 향했다. 이 시간대라면 티루미나 씨도 피나도 고아원에 있을 거다.

고아원 앞에 도착하자 밖을 활기차게 뛰어다니는 유년반 아이들의 모습이 있었다. 설마 전에 알려줬던 술래잡기를 하고 있는 건가?

아이들을 보고 있는데 아이들이 나를 알아봤다.

"곰 언니!"

"언니."

아이들이 달려왔다.

어느 아이건 웃는 얼굴을 하고 있었다.

"모두들, 잘 지냈어? 원장 선생님이랑 어른들에게 말썽 부리진 않았고? 싸우진 않았지?"

"응, 잘 지냈어."

"일도 열심히 하고 있는 걸."

"싸움 같은 거 안 해."

아이들이 활기차게 대답했다.

"착하게 있었구나."

아이들 전원의 머리를 쓰다듬어 주었다.

평등하게 쓰다듬어 주지 않으면 삐치는 아이도 있기 때문이다.

"그래서, 티루미나 씨랑 피나는 어디에 있어?"

"응, 지금은 원장 선생님과 같이 있어."

알려준 아이에게 고맙다는 말을 하고 고아원 쪽으로 갔다.

꼬끼오 알 쪽 일은 끝났나?

고아원의 문을 열고 안으로 들어갔다.

식당으로 향하자 티루미나 씨와 원장 선생님이 수다를 떨며 차를 마시고 있었다.

"유, 유나, 돌아온 거니?"

"유나 씨, 어서 와요."

"다녀왔어요. 방금 전에 돌아 왔어요."

두 사람이 앉아 있는 근처의 의자에 앉았다.

"뭐 달라진 건 없나요?"

"달라진 거……. 그래! 유나가 없어서 큰일이었어!"

티루미나 씨가 갑자기 떠오른 듯 목소리를 높이고 우뚝 섰다.

뭐지?!

"영주 부인인 엘레로라 님과 왕궁 주방장인 젤레프 씨라는 분이 오셔서 정말 큰일이었다니까."

그러고 보니 그런 일이 있었다고 피나에게 들었던가.

그 후 여러 가지 일이 있어서 새까맣게 잊고 있었다.

티루미나 씨의 말에 따르면 갑자기 밀레느 씨에게 상업 길드로 호출을 받았다고 했다. 그래서 상업 길드로 갔더니 웬 여자와 남자를 소개 받았단다. 그게 엘레로라 씨와 젤레프 씨였다.

그리고 엘레로라 씨가 백작 부인이며 젤레프 씨가 왕궁의 주방장이라는 말을 듣고 놀라 숨이 턱 막혔다고 한다.

그렇지만 그건 내 잘못이 아니라서 혼날 이유는 아닌 것 같은데…….

약속 없이 온 엘레로라 씨의 잘못이지.

뭐, 나도 약속 없이 성에 가니까 그다지 남 일처럼은 말 못하지만…….

"피나가 없었다면 긴장해서 복통을 일으켰을 거야."

"피나요?"

"그래, 피나가 두 사람을 상대해줬어. 만약 피나가 없었다면 제대로 된 대응도 못했을 거야."

"엘레로라 씨도 참, 미리 온다고 연락해주면 좋았을 텐데."

뭐, 엘프 마을에도 가고 싶었으니 연락이 왔다고 해도 크리모니아에 있었을지는 장담 못한다.

그래도 뭐가 됐건 대비를 했을 것이다. 날짜를 변경 한다던가?

"엘레로라 님의 모습을 보니 유나를 놀래 주기 위해 갑자기 찾아오신 느낌이었어."

피나도 그런 말을 했었다.

엘레로라 씨와 젤레프 씨는 내가 없다는 걸 알고 아쉬워했다는 것 같았다.

놀라게 할 마음으로 가득 차있었던 모양이다.

"그래서 두 분은 뭐하러 온 거래요?"

피나에게 듣긴 했지만 확인해봤다.

"왕도에 유나의 가게를 만들 거니까 참고를 위해서 본점을 시찰하러 왔다고 하셨어."

"제 가게가 아닌 걸요. 분명히 푸딩 같은 요리들을 팔긴 하지만. 어디까지나 경영은 성에서 하니까 저는 상관없어요."

"그래?"

"저는 요리를 만드는 방법만 알려줄 뿐이거든요."

자본을 투자한 것도 아니고 가게에서 일하는 사람도 나와는 관련이 없는 사람들이다. 그러니 나의 가게가 아니다.

티루미나 씨는 그 후 엘레로라 씨와 젤레프 씨를『곰 씨 쉼터』로 안내했다고 한다.

"두 분을 가게로 안내해드렸더니 소란을 피우셔서 진땀 뺐지 뭐야."

우선 가게 앞에 세워져 있는 곰 석상을 보고 난리법석을 떨었고, 가게 안으로 들어가서는 제멋대로 이리저리 돌아다니며 테이블 위에 있는 곰 장식물을 마음 내키는 대로 구경했다고 한다.

엘레로라 씨가 가게 안을 마음대로 돌아다니는 모습이 눈에 선하다.

"그런데, 젤레프 씨도요?"

"젤레프 씨는 손님들이 먹고 있는 요리를 보고 있었어."

아아, 역시 그쪽에 관심이 있었구나.

하지만 두 사람 모두 뭘 한 거지. 다른 손님들에게 민폐를 끼칠 만한 일은 하지 않았겠지?

"그래서, 괜찮았나요?"

"그래, 피나가 주의를 줬거든."

피나가?

"돌아다니는 엘레로라 님에게 피나가 말을 걸어서 자리에 앉도록 해줬어. 그건 그렇고 엘레로라 님과 피나가 아무렇지 않게 대화를 나누는 걸 보고 놀랐어."

귀족들과 왕족들이 있는 곳에 피나를 데리고 돌아다닌 덕분이다.

게다가 최근에는 노아와 외출을 했다는 말도 들었고, 엘레로라 씨와도 몇 번인가 만났었다. 얼마 전에는 미사의 생일 파티에도 참가했으니 귀족에 대한 면역이 생긴 걸까.

예전엔 귀족을 앞에 두면 긴장하기 바빴던 피나도 성장한 모양이다.

피나의 성장은 기쁘지만 이 언니는 조금 쓸쓸하구나.

그 후 두 사람은 가게에서 요리를 먹을 수 있는 만큼 실컷 먹고, 다음 날에는 고아원을 견학하고 싶다고 말해서 티루미나 씨가 안내를 했단다. 고아원에서는 새를 돌보는 아이들의 모습을 봤다고 했다.

고아원을 견학한 엘레로라 씨와 젤레프 씨는 다음으로 안즈의 가게인『곰 씨 식당』에도 갔다고 한다.

그리고 삼 일째에는『곰 씨 쉼터』의 개점과 동시에 가게에 돌격하여 요리를 먹고, 돌아가는 길에 빵을 대량으로 샀다고 했다.

아무래도 왕도로 돌아가야 해서 서두른 거겠지.

"폭풍 같았던 며칠이었어. 두 분 모두 나쁜 사람이 아니라는 건 알지만 지쳤다니까."

당시의 일들을 떠올리며 한숨을 내쉬는 티루미나 씨.

"피나가 없었더라면 힘들었을 거야. 그 아이도 모르는 사이에 성장한 거겠지. 부모가 없어도 아이는 자란다고 자주 말하니까 말이야."

"아이는 알아서 자라지만 착한 아이로 자란 건 티루미나 씨 덕분이에요."

"그 아이는 나 때문에 응석도 못 부리며 자랐거든. 조금 더 응석을 부려주면 좋겠는데……."

피나는 성실하니까.

피나의 이야기를 티루미나 씨와 나누고 있는데 집 안으로 피나가 들어왔다.

257 곰 씨, 피나에게 그림책을 들키다

문 앞에는 볼을 빵빵하게 부풀린 피나가 서 있었다.

무슨 일이 있었나?

피나의 뒤에는 슈리도 있었다. 우선 두 사람에게 돌아왔다는 걸 전했다.

"피나, 슈리, 다녀왔어."

"유나 언니, 어서 와요, 가 아니라! 유나 언니, 이건 뭐예요?!"

피나의 부풀어 있던 얼굴이 한순간 웃는 얼굴이 되는가 싶더니 재차 볼을 부풀렸다.

그 뒤에서는 슈리가 평범하게 「유나 언니, 어서 와」라고 말해주었지만 피나의 화난 목소리 때문에 묻혔다.

피나는 내가 있는 곳으로 다가오더니 내 앞에 그림책을 두었다.

이 그림책은 내가 플로라 공주님을 위해 그린 걸 복사해서 고아원 아이들에게 선물했던 거잖아.

"이게 왜?"

"이게 왜? 가 아니잖아요! 이 여자아이는, 저죠?"

피나는 그림책에 그려져 있는 여자아이를 가리키며 말했다.

여자아이는 곰의 등 위에 올라타 있었다.

그림책의 여자아이는 피나를 모델로 그렸고 곰은 나를 모델로 그린 것이다.

하지만 이제 와선 한 발 늦은 것 같은데…….

애초에 피나가 그림책의 존재를 몰랐다는 게 놀라웠다.

"아이들이 그림책을 읽어달라고 해서 읽어줬더니…… 저랑 닮은 여자아이가……."

피나는 조금 화난 모양이다.

하지만 그림책의 존재를 몰랐는데 어째서 내가 그렸다는 걸 들킨 거지?

그 부분에 대해 물어보았다.

"그림책에 저와 유나 언니에 관한 내용이 그려져 있으니까요."

그랬었지~.

그림책 1권의 내용은 곰과 피나의 만남부터, 피나가 지병을 앓고 있는 어머니를 위해 약초를 발견한 뒤 어머니에게 가지고 가기까지의 이야기로 구성되어 있었다.

내가 처음으로 피나를 만났을 때의 일을 재구성해서 그림책에 알맞게 그린 것이다.

2권에서는 여자아이 어머니의 병이 악화된다. 여자아이는 곰에게 병을 고칠 수 있는 홍색 꽃의 물방울이 있다는 이야기를 털어놓는다. 이야기를 들은 곰이 여자아이를 위해 홍색 꽃의 물방울을 찾으러 가고, 결국 여자아이 어머니의 병을 고친다는 이야기로 되어 있다.

여자아이는 피나이고, 지병을 앓는 어머니가 티루미나 씨, 곰이 나라는 느낌이었다.

내가 피나를 위해 티루미나 씨의 병을 고쳤을 때의 이야기를 재구성하여 그렸다.

마법에 관해서는 그릴 수 없어서 그 부분은 병을 고치는 꽃으로 바꿔 그렸지만, 이 내용과 관계된 사람이 읽는다면 피나와 나의 이야기라는 걸 알아차리리라.

물론, 당사자인 피나가 읽는다면 두 말할 것도 없다.

하지만 나에게는 그림책이 피나와 관련 없다는 것을 주장할 수 있는 비장의 방법이 있었다.

"피나, 이건 어디까지나 실재하는 인물과는 관련 없는 이야기야. 이것 봐봐, 여기에 적혀 있잖아."

나는 곰 장갑으로 그림책의 맨 마지막 페이지에 적혀 있는 글을 가리켰다. 그곳에는—.

『이 작품은 픽션이며 실재의 인물, 단체, 사건 등과는 일절 관련이 없습니다』

—라고 확실하게 표기되어 있었다.

그러니까 그림책의 여자아이와 피나는 관련이 없다고 발뺌을 해본다.

"그렇지만 이 리본은 저랑 똑같잖아요."

그거야, 피나를 모델로 했으니까.

“게다가 이야기의 내용도 저에 관한 내용인 걸요.”
그것 또한 나와 피나의 체험담이니까.
“어디를 어떻게 봐도 저인데요!”
딱 잘라 말했다.
원래의 세계라면 통했을 약속된 문장은 피나에게는 통하지 않았다.
뭐, 실제로 그림의 모델은 피나라서 변명거리가 되진 않지만…….
“어째서 이런 그림책을 그린 거예요?!”
“플로라 공주님을 위해서 그려준 거야.”
“플로라 공주님이요?”
플로라 공주님의 이름이 나오자 피나의 말투가 부드러워졌다.
“그렇지만 그 플로라 공주님을 위해 그린 그림책이 어째서 고아원에 있는 거죠?”
나는 그림책이 여기에 있게 된 경위에 대해 설명했다.
플로라 공주님을 위해 그림책을 그리게 된 일. 그리고 플로라 공주님이 가지고 있는 그림책이 성 안에서 화제가 되어 갖고 싶어 하는 사람들이 늘어나 인쇄를 하게 된 일을 이야기했다.
“국왕님과 엘레로라 씨의 부탁이라 거절할 수 없었어.”
나는 국왕과 엘레로라 씨에게 책임을 떠넘겼다.
뭐, 그림책을 그린 건 나지만 복사를 해서 확산(성 내부 한정)시킨 건 국왕과 엘레로라 씨라고 해도 과언이 아니다.

제아무리 피나라도 국왕과 엘레로라 씨의 이름이 나오자 입을 다물어버렸다.

성격이 나쁜 언니라 미안하다.

"그때 조금 많이 인쇄를 해서 고아원 아이들을 위해 가지고 온 거야."

"그러면 이 그림책을 가지고 있는 사람들이 많이 있다는 이야기인가요?"

불안한 듯 물어왔다.

많이, 라고 해도 성 관계자들뿐이라 그렇게 많지는 않을 거다.

"성의 일부 사람들만이야."

현재진행형으로 늘어나고 있을 가능성도 있지만 어린아이가 있는 가정뿐일 거다.

그러니까 피나가 생각하고 있는 것보다는 적다.

하지만 피나의 반응은 달랐다.

"으으, 이제 성에 못 가요."

아래를 향해 고개를 숙여버렸다.

「갈 생각이었어?」라고 말하면 너무 심한 장난일까?

예전의 피나라면 「평민인 제가 성에 갈 일은 없으니 괜찮아요」 같은 말을 했겠지만 피나의 마음속에선 앞으로도 성에 갈 거라고 생각하는 모양이다.

뭐, 나와 함께 왕도로 가면 성에 들어갈 가능성은 충분히 있었다.

"괜찮아, 아무도 피나인 걸 모를 거야."

가지고 있는 사람이 적고 그림은 데포르메했으며 내용도 최측근이 아니면 알지 못한다.

"그래도 아이들에게 「피나 언니랑 닮았어」라는 말을 들었는걸요."

뭐, 가깝게 지내는 고아원의 아이들이 알아차리는 건 어쩔 수 없다.

"피나, 이렇게 귀엽게 그렸으니까 용서해 주는 게 어때?"

우리의 대화를 듣고 있던 티루미나 씨가 그림책을 보면서 구원의 손길을 내밀어주었다.

"어머니?"

"그건 그렇고 귀여운 그림책이네."

티루미나 씨는 팔랑팔랑 그림책을 넘겼다.

"이 여자아이가 피나라는 건 이 여자아이의 엄마 역할은 나인 건가?"

그림책을 넘기던 손이 멈춘다.

흘깃 보니 마지막 페이지에서 여자아이와 엄마가 웃고 있는 그림이 있었다.

여자아이가 가지고 온 약을 먹고 엄마가 기뻐하는 장면이다.

"나를 이렇게 귀엽게 그려주고 피나도 이렇게나 귀엽게 그려줬잖니."

“그렇긴 하지만, 어머니는 창피하지 않으세요?”

“이상하게 그렸다면 싫겠지만 이렇게 그려주는 건 괜찮지 않아?”

“그렇지만…… 그림책으로 만들어져 있는 걸요.”

“조금은 창피하긴 해. 그래도 화낼 정도는 아니라고 생각하는걸.”

피나는 티루미나 씨가 하는 말을 듣고 조금씩 화가 풀렸다.

“그래도 여자아이는 저와 닮았는데 유나 언니의 역할은 어째서 진짜 곰을 그린 거예요? 저를 그렸으니까 유나 언니도 자기 자신을 그리지 않으면 비겁하잖아요.”

내 역할은 데포르메한 곰이 그려져 있었다.

자신의 모습을 그리는 게 싫었다고는 말할 수 없었다. 그래서 얼버무리기로 했다.

“그건 플로라 공주님이 곰에게 흥미를 가지고 있어서야. 피나도 기억하지? 플로라 공주님이 곰을 좋아한다는 걸.”

“……네.”

“그러니까 곰으로 그린 거야.”

다시 플로라 공주의 이름을 꺼냈더니 피나는 납득했는지 입을 다물었다.

“으으, 알았어요. 하지만 다음에 그릴 때는 알려주셔야 해요.”

“그려도 돼?”

“사실은 싫지만 아이들이 좋아하잖아요. 그래도 더이상 퍼지지 않게 해주세요.”

"알았어. 퍼지지 않도록 할게. 만약 국왕님과 엘레로라 씨가 퍼트리려고 하면 마법을 날려서라도 막을게."

가장 퍼트릴 것 같은 건 국왕과 엘레로라 씨니까.

"으으, 유나 언니, 실례가 되지 않는 수준으로 부탁할게요."

피나는 타협을 하고 정정해서 말했다.

"농담이야, 확실히 말해 둘게."

내가 그렇게 말하자 피나도 납득을 해주었다.

이것으로 피나의 허가도 무사히 떨어졌으니 3권을 그릴 수 있다.

그림책에 관해서는 이것으로 끝날까 싶었는데 다른 곳에서 공격이 날아 들어왔다.

"언니도, 엄마도 너무해요."

이제껏 조용히 있던 슈리가 입을 열었다.

"유나 언니, 왜 나는 없는 거야? 나도 그려줘."

피나는 갑자기 슈리에게 너무하다는 말을 듣고 당황했다.

나도 슈리가 자신이 그림책에 그려져 있지 않다며 화를 낼 거라고는 생각도 못했다.

정확히 말하면 화를 내고 있는 게 아니라 자신만 나오지 않는다는 것에 토라져 있었다.

"그려줬으면 좋겠어?"

슈리는 작게 고개를 끄덕였다.

분명 언니인 피나와 엄마인 티루미나 씨는 있는데 가족인 자신만이 없다는 건 싫을 것 같았다. 외톨이가 된 기분을 느낄지도 모른다. 심지어 슈리는 아직 어리다. 더욱더 그렇게 생각할 수도 있다.

"슈리, 미안해. 딱히 따돌린 건 아니었어. 나와 피나가 만나는 이야기를 그린 거라서 이렇게 된 거야. 하지만 다음에 그릴 때는 슈리도 그려줄게."

"정말?!"

슈리는 내 말을 듣고 기뻐했다.

"응, 정말로 그려줄게."

내가 약속하자 슈리는 더욱 기뻐했다.

3권을 그리게 된다면 왕도로 가는 피나와 노아를 따라가는 곰의 이야기가 될 거라고 생각했는데, 슈리를 그리기 위해서는 구성을 바꿔야 한다.

후보로는 자매와 노는 곰의 이야기.

아니면, 겐츠 씨도 등장시켜서 결혼식? 그러면 곰이 나오는 장면이 없을 것 같은데.

으음, 아니면 슈리도 같이 세 명이서 왕도로 간다던가. 하지만 그림책에 나오는 곰의 등에 세 명이 탈 수 있나? 곰을 늘릴까?

이건 조금 고민해봐야겠다.

그림책의 이야기는 끝이 났고 피나에게서도 엘레로라 씨와 젤레프 씨의 이야기를 들었다.

258 곰 씨, 그림책을 그리다

엘프 마을에서 크리모니아로 돌아오고 며칠이 지났다. 그 동안 루이밍에게서 곰 폰으로 연락이 한 번 온 것을 제외하면 아무 일도 없는 평화 그 자체였다.

연락을 한 이유는 정말로 연결되는지 불안해서, 라고 했다.

『유나 씨랑 제대로 말할 수 있어서 다행이에요.』

나의 목소리를 듣고 곰 폰에서 루이밍의 안도한 목소리가 들렸다.

마을에 관해 물어보니 그 이후 결계 안에는 마물이 한 마리도 들어오지 않았다고 했다. 결계밖에도 마물들이 안 보이게 되었다고. 역시 신성수가 기생수에 잠식되었던 탓에 마물들이 이끌려 온 모양이다.

『유나 씨, 언제든지 와 주세요.』

"응, 버섯도 산채도 얻고 싶으니까 또 갈게."

『네, 기다리고 있을게요.』

그런 마을의 상황을 들을 후 다음번엔 신성수의 찻잎이 만들어지면 연락을 받기로 했다. 물론 특별한 이유가 없어도 연락을 해도 된다고 전달해뒀다.

오늘의 예정은 그림책의 신작을 피나와 슈리와 함께 그리기로 되어 있다. 함께, 라고는 하지만 내용 확인을 받기 위함이다.

피나에게는 그림책의 내용을, 슈리에게는 동생역의 여자아이 그림의 확인을 받기 위해서였다.

내가 차와 포테이토 칩을 먹으면서 기다리고 있는데 피나와 슈리가 집으로 찾아왔다.

"정말로 그리시는 거예요?"

집으로 오자마자 곧바로 그런 말을 꺼내는 피나.

"플로라 공주님도 기다리고 있을 거고, 슈리와도 약속했잖아."

"유나 언니, 나도 그려주는 거야?"

"그럴 생각이야."

피나는 떨떠름해 했고 슈리는 기뻐했다.

그림책의 내용은 피나와 상담하면서 그렸고, 슈리에게는 여동생 역할인 자신의 그림을 확인 받기로 했다. 그린 뒤에 「안 귀여워」라는 말을 하며 울면 곤란하다.

"그래서 그림책의 내용 말인데, 옆 마을로 가는 세 사람을 그리려고 하는데 괜찮아?"

"세 사람이요?"

"피나에 슈리, 그리고 티루미나 씨까지 세 사람."

"저, 어머니랑 같이 옆 마을에 간 적은 없어요."

"딱히 사실을 그리지 않아도 돼. 그림책은 상상으로 그리는 거니까."

259 그림책 곰과 소녀 3권

여자아이 어머니의 병은 나았고 건강해졌습니다.

그리고 여자아이에게는 활기찬 여동생 있었습니다.

여자아이는 여동생에게 곰에 관해 이야기해줬습니다.

그러자 여동생은 곰을 만나고 싶다고 했습니다.

여자아이는 여동생을 곰에게 소개하러 숲으로 갔습니다.

숲의 입구에 서서 여자아이가 곰을 부르자 숲 쪽에서 곰이 나타났습니다.

여자아이는 곰에게 여동생을 소개합니다.

곰은 천천히 여동생에게 다가갑니다.

여동생은 처음에는 놀랐지만 부드럽게 곰을 만졌습니다.

곰의 털은 부드러웠고 매우 기분이 좋았습니다.

여동생은 곰의 등 뒤에 타고 싶다고 했습니다.

곰은 허리를 숙이더니 여동생과 여자아이를 태워줬습니다.

곰은 숲 속을 달리고 초원을 달려 이제껏 가본 적 없는 장소로 두 사람을 데리고 갔습니다.

하지만 즐거운 나날은 길게 이어지지 않았습니다.

어머니는 곰이 가지고 온 홍색 꽃의 물방울 덕분에 건강해졌습니다.

병이 나은 어머니는 지인을 통해 옆 마을에서 일하게 되었습니다.
여자아이의 가족은 옆 마을로 이사를 가게 되었습니다.
여자아이는 울면서 곰과 작별인사를 합니다.
곰은 부드럽게 여자아이의 머리를 쓰다듬어 줬습니다.
곰을 만나지 못하게 되는 슬픔에 여자아이는 울었습니다.
"곰 님, 고마워요. 곰 님, 미안해요."
곰은 여자아이가 울음을 그칠 때까지 함께 있어주었습니다.

며칠 후, 여자아이의 가족은 마차를 타고 옆 마을로 가기로 했습니다.
곰이 멀리서 보입니다.
곰은 멀리서 여자아이를 배웅했습니다.
마차가 움직이면 곰과의 작별을 하게 됩니다.
마차는 서서히 앞으로 나아가 곰이 보이지 않게 되었습니다.
여자아이는 눈물을 글썽거렸습니다.
"곰 님, 안녕."
마차가 움직여 곰이 있는 숲에서 멀어져 갑니다.
하지만 돌아갈 수는 없습니다.
어머니와 여동생이 자신을 부둥켜안고 있었습니다.
"미안해."
어머니가 사과했습니다.

여자아이에게는 곰이 소중했지만 어머니와 여동생도 소중합니다.

여자아이는 어머니와 여동생의 손을 쥐었습니다.

어머니는 「또 만날 수 있을 거야」라고 말하며 상냥하게 웃어주었습니다.

여자아이도 어른이 된다면 곰을 만나러 올 것을 맹세했습니다.

마차는 천천히 앞으로 나아갔습니다.

마차에는 여자아이의 가족 외에도 몇 명이 더 타고 있었습니다.

곰과 이별하여 풀이 죽어 있는데 마차가 갑자기 멈췄습니다.

"무슨 일이지?"

마차에 타고 있던 사람들이 소란스러워졌습니다.

"마물이다!"

누군가가 소리쳤습니다.

"어머니!"

여자아이의 어머니는 두 딸을 끌어안았습니다.

마차 밖이 소란스러워졌습니다.

마차는 움직이지 않았습니다.

"말이 공격을 당했다!"

앞에서 목소리가 들렸습니다.

마차에 타고 있던 한 명이 마차 밖으로 나갑니다.

"많은 마물들이 몰려오고 있어. 다들 도망쳐!"

밖에 있는 사람이 소리쳤습니다.

남아 있던 사람들도 마차에서 도망쳤습니다.

여자아이의 가족들도 도망치려고 했지만 먼저 도망치려던 사람들에게 밀려나 쓰러져 버렸습니다.

마차 안에는 여자아이의 가족들만 남겨져 버렸습니다.

"어머니."

"괜찮아."

어머니는 떨리는 손으로 두 딸을 끌어안았습니다.

밖에서는 마물들의 소리가 들려왔습니다.

여자아이의 가족은 도망칠 수 없습니다.

마차가 요동칩니다.

마물들의 으르렁거리는 소리가 공포를 불러일으킵니다.

여자아이의 가족은 몸을 떨었습니다.

더는 가망이 없다고 생각했을 때 마물의 소리가 그쳤습니다.

하지만 여자아이의 가족은 무서워서 밖을 볼 수 없었습니다.

마차 안에서 몸을 떨고 있는데 밖에서 「괜찮아?」라며 낯익은 목소리가 들렸습니다.

이 목소리는 들은 적이 있습니다. 더는 듣지 못할 거라고 생각했던 목소리입니다.

여자아이는 어머니의 손을 뿌리치고 밖으로 나갔습니다.

"곰 님!"

마차 밖으로 나가자 그곳에는 곰이 있었습니다.

"곰 님, 곰 님."

여자아이는 울면서 곰에게 안겼습니다.

어머니와 여동생도 마차에서 나왔습니다.

"괜찮아. 곰 님이 구해줬어."

마차 밖에는 마물들이 쓰러져 있었습니다.

다른 사람들은 보이지 않습니다. 어떻게 된 건지 모르겠습니다.

말은 사라졌고 마차는 망가졌습니다.

여기서부터는 걸어갈 수밖에 없습니다.

그때 곰이 「크~응」 하고 크게 울었습니다.

그러자 멀리에서 검은 곰과 흰 곰이 다가왔습니다.

어머니와 여동생은 놀랐지만 여자아이는 놀라지 않았습니다.

곰이 불렀다는 걸 알았기 때문입니다.

"타."

곰과 검은 곰, 흰 곰이 허리를 낮춰 등을 내보였습니다.

아무래도 곰들이 옆 마을까지 데려다줄 생각인가 봅니다.

"어머니, 곰 님이 옆 마을까지 태워준대요."

여자아이가 어머니에게 말하자 어머니는 처음엔 안 믿는 듯했지만 여자아이가 곰의 등에 올라타자 믿어주었습니다.

여자아이의 가족은 곰에 올라타 옆 마을로 향했습니다.

곰은 옆 마을 근처에 도달해서 여자아이의 가족을 내려줍니다.

"곰 님, 고마워요."

여자아이는 감사 인사를 했습니다. 하지만 여동생은 흰 곰에게서 떨어지려고 하질 않습니다.

떨어지기 싫은 모양입니다. 물론 여자아이도 헤어지고 싶지 않았습니다.

"곰 님은 너무 커서 마을 안에는 들어가지 못해."

어머니가 여동생을 달랬지만 달라붙은 채 고개를 가로로 저었습니다.

"곰 님이 작아진다면 좋을 텐데."

"작아질 수 있어."

그렇게 곰이 말하더니 몸이 작아졌습니다.

여동생이 껴안고 있던 흰 곰도 어머니의 옆에 있는 검은 곰도 작아졌습니다.

점점 작아져 여자아이가 끌어안을 수 있을 정도의 크기가 되었습니다.

이거라면 끌어안은 채 마을로 들어갈 수 있습니다.

문지기가 놀랐지만 곰과 함께 마을 안으로 들어갈 수 있었습니다.

여자아이는 곰과 함께 있을 수 있게 되었습니다.

260 곰 씨, 그림책을 다 그리다

나는 종이와 그림 도구들을 준비했다. 내 좌우에 피나와 슈리가 앉아서 내가 그리는 것을 기다리고 있었다.

우선 여자아이의 여동생을 등장시킨다.

나는 귀엽게 데포르메한 여동생 캐릭터를 그렸다.

이것이 슈리가 모델인 캐릭터이다.

"우와, 귀여워. 이게 나야?"

"맞아, 여자아이의 여동생이니까."

슈리는 자신을 그려주니 기분 좋아했다.

그리고 슈리 역할인 여동생과 여자아이가 곰과 노는 신을 그렸다.

하지만 즐거운 이야기는 이어지지 않았다.

여자아이의 가족은 옆 마을로 이사를 가게 됐다.

"옆 마을로 이사하는 거예요?"

여자아이의 어머니는 일을 하려고 옆 마을의 지인에게 신세를 지게 됐다.

"응, 이 마을에는 여자아이의 가족을 도와줄 사람이 아무도 없거든."

그림책에 겐츠 씨처럼 보이는 캐릭터는 나오지 않았다. 갑자기 출연시키는 것도 이상했다. 그러니 도움을 줄 사람이 옆 마을에 있다는 설정을 만들었다.

"여자아이는 도움을 요청할 사람이 아무도 없어서 혼자 노력한 거야."

나는 피나를 바라봤다.

"저는 겐츠 아저씨…… 아버지가 도와줬으니까."

"그렇지."

"그러면 지인이라는 건 아버지를 말하는 건가요?"

"그건 아직 정하지 않았어."

속편을 쓰게 된다면 진지하게 생각해 봐야겠다.

지금은 정하지 않겠다. 겐츠 씨일지도 모르고 다른 사람일지도 모른다.

나는 그림책을 이어서 그렸다. 곰과 여자아이의 작별 씬.

"곰 님과 헤어지는 거야?"

"여자아이가 가여워요."

슈리와 피나가 슬퍼했다.

"괜찮아, 나중에 다시 나올 거야."

거짓말을 해봤자 소용없으니까 스포일러를 했다.

곰과 여자아이네 가족의 작별 신을 그리고 여자아이의 가족이 마차로 옆 마을로 이동하는 장면을 그렸다.

"곰 님이 등장해서 태워줄 줄 알았어요."

피나가 상상했던 내용과는 달랐던 모양이다.

하지만 이 장면에서 곰을 등장시킬 수는 없었다.

"이제 막 헤어졌잖아. 게다가 어머니도 곰 님을 타고 이동할 생각은 없어."

마차로 이동하게 되었고 여자아이는 슬퍼했다.

곰이 여자아이의 가족이 탄 마차를 먼발치에서 배웅했다.

"슬픈 스토리네요. 곰 님과 여자아이가 불쌍해요."

"괜찮아, 마지막엔 다시 행복해질 테니까."

나도 슬픈 이야기보다 행복한 이야기를 선호한다.

마차가 마물들에게 습격을 받는 신을 그렸다.

이건 미사의 마차가 습격을 당했던 사건을 모델로 했다.

모두가 도망치는 와중에 덩그러니 남겨진 여자아이의 가족.

마차가 요동치고 마물들의 소리가 들린다.

그곳에 박력 있게 나타난 것이, 곰이다.

조금 변형되긴 했지만 내가 미사를 구했을 때의 이야기였다.

곰은 마물을 무찌르고 여자아이의 가족을 구출했다.

"다행이에요."

"곰 님, 강해."

그리고 부서진 마차로는 이동이 힘들고 곰 혼자서는 세 사람을 태울 수 없었다.

그때 곰은 큰 소리로 울어서 동료들을 불렀다.

나타난 것은 데포르메한 검은 곰과 흰 곰이다.

"곰돌이와 곰순이네요."

"귀여워."

새로운 곰의 등장에 두 사람은 기뻐했다.

"슈리, 어디에 타고 싶어?"

"곰순이!"

고민할 것도 없이 즉시 대답하는 슈리.

"어째서 곰순이인 거야?"

"하얗고 깨끗하잖아."

확실히 곰순이는 하얗고 깨끗한 털을 가지고 있다.

곰돌이가 검다고 해서 더럽다는 말은 아니다.

"그러면 여동생은 흰 곰에 태울게."

피나의 역할인 여자아이는 내 역할인 곰에 태우고, 티루미나 씨의 역할인 어머니는 곰돌이 역의 검은 곰에 태웠다.

그리고 곰에 올라탄 세 사람은 옆 마을을 향해 출발했다.

"도망친 사람들은 괜찮은 거예요?"

"여자들을 내버려두고 도망쳤으니 신경 안 써도 돼."

일단 시체는 그리지 않기로 했다. 그 부분은 읽는 아이의 상상에 맡길 예정이다.

애초에 그림책은 읽은 아이의 상상력을 기르기 위한 것이니까.

도망친 사람들이 마물에게 공격을 당했는지 살아남았는지는 읽은 아이나 부모의 상상에 맡겨야지.

도망친 뒤에 고생해서 마을로 갔다고 설명하는 것도, 마물에게 죽음을 당했다고 설명하는 것도 부모의 중요한 역할이다.

어떻게 가르치느냐에 따라 아이들의 사고방식이 달라진다, 라고 피나와 슈리에게 그럴싸하게 말하면서 얼버무려봤다.

본심을 말하자면 그림책에 시체를 그리고 싶지 않았을 뿐이다.

"피나나 슈리는 어떻게 생각해?"

"살아남았으면 좋겠어요."

"나도 몰라."

슈리는 모른다고 했지만 피나는 상냥하구나.

"유나 언니의 생각은요?"

"어렵네. 마차에 타고 있던 사람에 따라 달라질 것 같아. 강한 사람이라면 도망치지 말고 싸워주길 바라. 싸울 힘이 없는 사람들은 도망친 것을 탓할 수 없으니까 살아남았으면 좋겠어. 그래도 여자아이를 내팽개친 사람은 행복해질 수 없을 거라고 생각해."

"으으, 유나 언니 무서워요."

"어디까지나 개인적인 생각이야. 그리고 내가 옳다는 건 아니지. 가능하다면 피나와 슈리는 착한 마음가짐을 가지고 있어줬으면 좋겠어."

나처럼 더럽혀진 마음을 갖지 않길 바라니까.

참고로 그림책에 시체나 부상자가 나오지 않는 건 그림책 작가인 나의 개인적인 이유가 가장 컸다.

이곳에 다른 인물이 있으면 곰의 등장에 방해가 되니까, 라고는 말할 수 없었다.

사실과 겉으로 보이는 것은 별개의 것이니까.

그리고 곰의 등에 올라탄 여자아이의 가족들은 옆 마을로 이동한다.

여자아이의 가족은 무사히 옆 마을에 도착했다.

도착하면 곰과 헤어져야 했다. 곰은 마을 안에 들어갈 수 없기 때문이다.

여자아이의 가족이 곰과 이별하려고 하자 여동생은 떨어지기 싫다며 응석을 부리기 시작한다. 물론 여자아이도 헤어지기 싫었다.

"이대로 헤어지는 거야?"

"곰 님과 헤어지면 슬퍼요."

"괜찮아."

나는 곰을 작게 만들었다.

그리고 여자아이가 작아진 곰을 끌어안는 그림을 그렸다. 여자아이의 표정은 기뻐하고 있었다.

"으으, 어쩐지 창피하네요. 이거 제가 유나 언니를 끌어안고 있는 거잖아요."

"딱히 그런 건 아니야. 내가 아니라 곰돌이와 곰순이라고 생각하면 돼."

그리고 작아진 곰을 끌어안은 여자아이의 가족은 마을 안으로 들어갈 수 있었다.

나머지는 문장으로 「여자아이는 곰과 함께 있을 수 있게 되었습니다」라고 적은 뒤 곰과 여자아이의 그림책 3권을 마쳤다.

"유나 언니, 대단해."

"네, 그림을 무척 잘 그리네요. 이야기도 처음엔 슬펐지만 마지막엔 곰 님과 함께 있을 수 있게 돼서 다행이에요."

아이들이 읽는 거니까 해피엔딩으로 끝마쳐야지.

원래의 세계였다면 슬픈 그림책도 많지만 역시 열심히 살고 있는 아이가 행복해지길 바랐다.

"그런데 노아 님에게 혼나지 않겠어요?"

"노아?"

왜 지금 노아의 이름이 나온 거지?

"그렇지만, 이 이야기는 저희가 왕도로 갈 때의 이야기를 바탕으로 만든 거잖아요?"

"일단은 그렇지. 여러 가지로 재구성했지만."

미사가 마차에서 공격을 당하는 장면이라든가 그것을 구해주는 장면은 그대로 그렸다.

"이걸 본 노아 님이 자신이 등장하지 않았다는 걸 안다면……."

과연, 그런 이야기로군.

"괜찮아. 피나도 그림책에 등장하는 게 창피해서 싫었잖아?"

"네, 그렇지만……."

"노아도 창피해 할 테니까 괜찮을 거야. 애당초 이 그림책이 피나와 우리의 이야기를 바탕로 그렸다는 걸 알지 못할 거고, 무엇보다도 노아가 이 그림책을 볼 일은 없을 거야."

지금까지도 그림책의 존재를 몰랐으니 노아가 그림책의 존재를 알게 될 일은 없을 거라고 생각한다.

왕도에서도 일부의 사람들만 가지고 있고 크리모니아에서는 고아원에만 두었다.

노아가 그림책을 볼 일은 없다.

"그렇다면 다행이지만……."

"피나는 걱정이 많구나."

그렇게 피나의 불안한 마음을 해소시키며 웃었다.

곰곰곰베어 10

번외편

엘레로라 님과 젤레프 아저씨가 찾아오다. 1

유나 언니가 외출을 하고 이틀 정도가 지났습니다.

이번엔 사냐 씨네 고향인 엘프 마을에 함께 다녀온다고 합니다. 엘프 마을이라는 건 어떤 곳일까요. 저도 언젠가 가보고 싶습니다.

지금 저는 꼬끼오를 돌보면서 꼬끼오 알의 수를 세고 있습니다.

오늘도 많은 꼬끼오 알을 낳아서 다행입니다.

꼬끼오 알은 매일 상업 길드에 납품하기로 되어 있습니다. 상업 길드에서 카사도르 씨가 꼬끼오 알을 납품 받으러 매일 찾아옵니다. 저희가 팔러 가지 않고 해결할 수 있어서 매우 편합니다. 어머니에게 물어봤는데 꽤 벌이가 된다고 했습니다. 그 돈은 고아원 아이들의 생활비와 어머니의 급여가 됩니다.

저와 슈리는 어머니를 도와주는 명목이라 고아원과 가게를 돕는 것으로는 급여를 받고 있지 않습니다. 그 대신 마물의 해체 작업을 할 때는 받습니다. 거절했지만 유나 언니가 일거리를 줍니다.

오늘의 카사도르 씨는 어쩐지 상태가 이상합니다.

평소라면 싱글싱글 웃으시면서 꼬끼오 알의 상황을 물어보시는데 허둥대며 어머니가 계신 곳으로 가더니 상업 길드로 급히 와

달라는 말을 전했습니다.

어머니는 가끔 밀레느 씨와 일 이야기를 하러 상업 길드에 가지만 오늘은 조금 다른 느낌이 듭니다.

"그리고, 피나 양도 부탁해요."

카사도르 씨가 저를 보고 말했습니다.

"저도요?"

"네, 부탁할게요."

"저기, 왜 그러시는데요?"

함께 따라간 적은 있지만 호출을 받은 건 처음입니다.

"길드 마스터에게서 티루미나 씨와 피나 양을 데리고 와달라고 부탁을 받았습니다. 꼬끼오 알 준비가 끝나면 마차에 타주세요."

잘 모르겠지만 저도 상업 길드에 가게 됐습니다. 제가 호출을 받았다는 건 유나 언니의 일일까요? 밀레느 씨가 저를 부를 이유는 그 정도 밖에 떠오르지 않습니다.

"이유는 모르겠지만 서둘러 꼬끼오 알을 준비해서 가도록 하죠. 피나, 도와줘."

저는 급히 상업 길드에 건넬 꼬끼오 알을 준비했습니다.

어머니는 고아원의 아이들을 돌보면서 새의 관리를 맡고 있는 리즈 언니에게 상업 길드에 다녀온다고 전했습니다.

"곧바로 돌아오겠지만 돌아오는 게 늦어지면 슈리를 부탁할게요."

슈리는 고아원 쪽에서 어린아이들과 놀거나 공부를 합니다.

미릴러 마을에서 온 니프 씨가 글자와 숫자 공부를 봐주고 있습니다.

"점심때까지 돌아오지 않으면 슈리도 밥 먹일게요."

어머니와 제가 없을 때 슈리가 고아원에서 식사를 하는 건 항상 있는 일입니다.

"그리고 가게에 줄 꼬끼오 알 준비를 부탁해요."

"네, 나머지는 알아서 해둘 테니까 걱정 마세요."

남은 일을 리즈 언니에게 맡긴 후, 우리는 꼬끼오 알과 함께 마차를 타고 상업 길드로 향했습니다.

카사도르 씨는 꼬끼오 알을 두러 간다고 하셔서 상업 길드 앞에서 헤어졌습니다.

저와 어머니는 상업 길드 안으로 들어가 밀레느 씨를 만나러 갔습니다.

"실례합니다."

어머니가 소리를 내어 밀레느 씨가 있는 방으로 들어갔습니다. 저는 그 뒤를 따라 들어갑니다.

방으로 들어선 순간, 저의 발이 멈췄습니다.

방 안에는 예상도 하지 못했던 사람이 있었기 때문입니다.

"피나, 오랜만이야. 그렇지도 않나? 미사의 생일 파티에서 만났으니까."

"피나 님, 파티 때 뵙고 처음 뵙네요."

방 안에는 밀레느 씨 외에 엘레로라 님과 젤레프 아저씨가 계셨습니다.

어째서 엘레로라 님과 젤레프 아저씨가 이곳에?

"피나, 아는 분이니?"

어머니가 물었습니다.

그렇습니다. 어머니는 두 분에 관해 알지 못합니다.

"저기, 노아 님의 어머니이신 엘레로라 님과 성에서 요리를 만들고 계신 젤레프 아저씨세요."

저는 젤레프 씨를 젤레프 아저씨라고 부르고 있습니다. 처음에 젤레프 님이라고 불렀더니 「유나 님의 친구 분에게 젤레프 님이라고 불리는 건 원치 않으니 편하게 젤레프라고 불러주세요」라고 하셨습니다.

성에서 요리를 만들고 있는 사람들 중에서 가장 대단한 분을 그렇게 불러도 되는지 고민했지만 젤레프 아저씨가 그래도 된다고 하셔서 그렇게 부르게 되었습니다.

"뭐? 그러면 클리프 님의 사모님? 그리고 왕궁 요리사?"

"저는 엘레로라 포슈로제예요. 항상 피나에게는 딸인 노아가 신세를 지고 있어요."

"저는 성에서 주방장을 맡고 있는 젤레프라고 합니다. 따님은 유나 님과 함께 몇 번인가 뵈었습니다."

엘레로라 님과 젤레프 아저씨가 자기소개를 하셨습니다. 그것을 보고 당황한 어머니도 자기소개를 했습니다.

"피나의 어미인 티루미나라고 합니다. 항상 딸이 신세를 지고 있습니다. 느와르 님께는 항상 가게에 와주셔서 감사하게 생각하고 있습니다."

어머니는 영문을 모르겠다는 듯이 밀레느 씨와 저를 번갈아 보셨습니다. 그러나 저도 두 분이 여기 계신 이유와 저랑 어머니가 호출을 당한 이유를 알지 못합니다.

"그래서, 무슨 일로 부르신 건가요? 설마 제 딸에게 무슨 일이라도?"

어머니가 불안해하며 제 쪽을 바라봤습니다.

뭔가를 한 기억은 없습니다.

"그렇게 긴장하시지 않아도 돼요. 딱히 피나가 실수를 저지른 건 아니니까요. 오늘은 이쪽의 젤레프와 함께 유나의 가게를 보러 왔을 뿐입니다. 그래서 남편에게 말했더니 밀레느에게 말을 해 두는 편이 좋다고 해서요."

엘레로라 님과 젤레프 아저씨가 설명합니다. 아무래도 왕도에서 유나 언니의 레시피로 푸딩과 케이크 등을 선보일 가게를 만든다는 모양입니다. 그래서 크리모니아까지 유나 언니네 가게를 보러 왔다고 했습니다.

"그래서 밀레느에게 말했더니 피나 양의 어머니인 티루미나 씨가 가게를 관리하고 있다고 들어서요. 딸이 신세를 지고 있으니

인사를 드리려고 부탁했어요."

그런 이유로 호출을 받은 것 같습니다.

"그래서 유나와는 만날 수 있을까?"

아무래도 엘레로라 님과 젤레프 아저씨는 유나 언니가 없다는 것을 모르는 모양입니다.

"유나 언니는 지금 마을에 없어요."

"그러니?!"

"죄송해요."

"딱히 피나가 사과할 일은 아니야. 내가 연락도 하지 않고 왔으니까."

"그래서, 유나는 금방 돌아올까?"

저는 고개를 가로로 저었습니다.

"멀리 간다고 했으니까 언제 돌아올지는 몰라요."

엘프 마을의 장소는 모르지만 먼 것 같았습니다.

"놀라게 해주려고 했는데……."

엘레로라 님은 아쉬워합니다.

저는 충분히 놀랐습니다.

"아쉽지만 어쩔 수 없지. 그럼 폐가 안 된다면 티루미나 씨와 피나에게 안내를 부탁해도 될까요?"

"저희가요?"

"응, 폐가 안 된다면 말이야."

저는 흘깃 어머니를 봤습니다.

어머니는 긴장을 하신 듯 곤란해하고 있었습니다.

“저도 부탁드리죠.”

젤레프 아저씨가 부탁을 합니다.

어머니는 굉장히 곤란한 표정을 짓고 도움을 요청하듯 상업 길드의 길드 마스터인 밀레느 씨를 봤습니다.

하지만 밀레느 씨는 고개를 작게 가로로 흔들었습니다.

포기하세요, 라는 얼굴입니다.

엘레로라 님은 이런 분이셨습니다. 상냥하시지만 조금 고집스런 부분이 있습니다. 그래서 저는 옷 갈아입히기 인형이 되었었죠. 그 때의 일이 떠오릅니다.

어머니는 방에 있는 모두의 얼굴을 본 후 「저희로 괜찮으시다면」이라고 대답했습니다.

귀족님인 엘레로라 님의 부탁을 거절할 수는 없습니다.

“정말요? 고마워요.”

“고맙습니다.”

두 분에게 감사 인사를 받았습니다.

“그런 이유로 두 사람에게 부탁이 있는데, 제가 이 마을 영주의 부인이라는 건 비밀로 해주세요. 가게를 방해하고 싶지 않기도 하고, 평소의 모습을 보고 싶거든요. 그러니 저와 젤레프에 대해서는 티루미나 씨의 친구라고 해주세요.”

엘레로라 님이 어머니를 향해 미소 짓습니다.

젤레프 아저씨도 「잘 부탁드릴게요」라며 고개를 숙였습니다.

"그러면 바로 가보죠."

엘레로라 님은 몸을 일으켜 세웠습니다.

"그럼 마차를 준비하겠습니다."

밀레느 씨가 그렇게 말하자 엘레로라 님은 거절합니다.

"오랜만에 마을을 보고 싶어서 걸어갈 거니까 괜찮아."

"조금이라도 더 걷는 쪽이 저한테는 좋겠죠."

그런 이유로 저희는 엘레로라 님과 젤레프 아저씨와 걸어서 가게로 가게 되었습니다.

엘레로라 님과 젤레프 아저씨가 찾아오다. 2

저희는 엘레로라 님과 젤레프 아저씨와 함께 마을 안을 걸었습니다.

조금 긴장했지만 어머니는 저 이상으로 긴장했습니다. 그 기분은 알 것 같습니다. 적어도 밀레느 씨가 있어줬더라면 좋았겠지만 미릴러 마을의 건으로 바쁘다고 했습니다.

저는 어머니를 위해 엘레로라 님과 대화를 나눴습니다.

"저기, 엘레로라 님."

"왜 그러니?"

"노아 님은 함께 오지 않으셨나요?"

미사 님의 생일 파티에서 만났지만 소란이 있었던 탓에 그다지 이야기를 나눌 수 없어서 줄곧 아쉬웠습니다.

"노아라면 집에 두고 왔어. 그 아이, 몇 번이나 유나의 가게에 갔지?"

노아 님의 모습은 가게에서 자주 목격합니다. 최근에 마음에 들어 하는 건 곰 님 빵입니다.

"이번엔 정체를 숨기고 시찰하는 거니까 집에 두고 왔어. 그 아이가 있으면 금방 엄마라는 게 들켜버리잖아. 무엇보다도 일로 온 거니까."

이유는 알겠지만 오랜만에 어머니를 만난 노아 님이 가엾습니다.

"그런 얼굴은 하지 않아도 돼. 노아랑 함께 있는 시간도 확실하게 만들 생각이니까. 나도 딸이랑 있는 시간을 소중히 하고 싶은걸."

그렇다면 다행입니다.

"앞으로도 노아랑 사이좋게 지내주렴."

"네."

엘레로라 님과 이야기를 나누며 걷고 있는데 『곰 씨 쉼터』가 보였습니다.

"설마, 저 건물이니?"

"네."

그곳에는 유나 언니의 가게라는 걸 한 눈에 알아차릴 수 있는 물건이 있습니다.

가게 앞에 있는 곰 석상이죠.

엘레로라 님이 달려갑니다. 저희는 뒤따라갑니다. 젤레프 아저씨는 조금 살이 쪄서 달리는 게 힘들어 보입니다.

"곰 장식물이네, 이런 걸 만들었구나."

엘레로라 님은 즐겁게 곰 석상을 만졌습니다.

유나 언니가 말하기로는 마법으로 만들어서 간단하게는 망가지지 않는다고 했습니다. 그래서 아이들이 난폭하게 만져도 괜찮다고 했습니다.

"곰이 빵을 가지고 있네요."

늦게 도착한 젤레프 아저씨가 곰 석상을 바라봅니다.

조금 숨을 헐떡이고 있습니다.

"이것도 유나가?"

"네, 가게를 곰의 가게로 만들기 위해서였어요."

"왕도의 가게에도 둘까?"

"좋네요. 분명 유나 님도 좋아하실 거예요."

으음, 유나 언니가 좋아할까?

이 곰 석상도 싫어하면서 만들었습니다.

저는 귀여워서 좋아하지만요.

"엘레로라 님, 가게 안으로 들어가보죠. 배가 고픕니다."

젤레프 아저씨가 커다란 배를 만졌습니다. 많이 드실 것 같습니다.

"그렇네, 어서 들어가죠. 조금 전부터 좋은 냄새가 나고 있어요."

막 구운 빵의 냄새입니다. 그 외에도 맛있는 냄새가 납니다.

"곰이다."

가게 안에는 곰의 장식물이 테이블 위에서부터 기둥, 벽 등 여러 장소에 놓여 있습니다.

"틀림없는 『곰 씨 쉼터』네."

네, 어떤 곰이라도 귀여워서 힐링이 됩니다.

손님이 가지고 싶어할 정도로 인기가 있습니다.

엘레로라 님과 젤레프 아저씨는 가게 안을 돌아다니기 시작했습니다.

“곰들이 다 다르게 생겼네.”

제멋대로 가게 안을 돌아다니고 다른 손님들이 있는 테이블을 보기 시작했습니다. 젤레프 아저씨는 곰만이 아니라 손님들이 먹고 있는 요리도 보기 시작합니다.

이대로는 다른 손님들에게 폐가 되어버릴 겁니다.

“어쩌면 좋지.”

어머니가 곤란해하고 있습니다. 알고 있습니다. 엘레로라 님은 귀족님입니다. 젤레프 아저씨는 성에서 가장 높은 요리사이십니다. 그런 두 분에게 주의 같은 걸 줄 수는 없습니다.

“이 곰, 생선을 먹고 있어. 이쪽은 달리고 있네.”

“저 빵은 맛있어 보이네요. 저건 케이크, 푸딩도 있네요.”

가게에서 일하는 카린 언니가 모두의 존재를 인식했습니다.

“내 손님이니까 괜찮아.”

어머니가 카린 언니에게 말하자 카린 언니는 엘레로라 님과 젤레프 아저씨를 본 뒤에 다시 일을 하러 갔습니다.

아무도 노아 님의 엄마라는 걸 알아차리지 못합니다.

왕도에 있던 카린 언니도 알지 못하는 모양입니다.

하지만 엘레로라 님과 젤레프 아저씨를 저지하지 않으면 일이 복잡해질 겁니다. 저지할 수 있는 건 저 밖에 없습니다.

“엘레로라 님, 젤레프 아저씨, 다른 손님들에게 폐가 되니까 너

무 돌아다니시는 건…….”

점내를 돌아다니는 두 사람에게 말을 건넸습니다.

“미안해, 곰의 형태가 다 달라서 전부 보고 싶어져서 그랬어.”

“미안해요. 요리를 보고 있었더니 주변이 눈에 들어오지 않았습니다.”

두 분은 사과를 하고 돌아다니는 걸 멈춰주셨습니다.

제가 안도의 표정을 짓고 있자 어머니가 놀란 듯 저를 바라봤습니다.

“어머니?”

“아, 아무것도 아니야. 고마워, 도움이 됐어.”

어머니의 도움이 된 것 같아 다행입니다.

“그리고 점원들의 복장이 귀엽네.”

엘레로라 님이 가게 안에서 일하고 있는 아이들을 바라봤습니다.

“저 복장은 곰돌이와 곰순이랑 놀 때 노아와 아이들이 입었던 옷이네.”

미사 님의 생일 파티가 끝나고 큰 사건이 일어났습니다. 그때 곰돌이와 곰순이가 마을 사람들에게 공포의 대상이 된 적이 있었죠. 그래서 곰이 무섭지 않다는 걸 알리기 위해 노아 님, 미사 님, 저 세 사람은 곰 복장을 하고 곰돌이랑 곰순이와 놀았습니다.

“역시 귀여워. 왕도의 가게에서도 할까?”

그건 그만두는 편이 좋을 거라 생각합니다. 유나 언니는 싫어할 거예요.

"그거 좋은 생각이네요."

젤레프 아저씨도 할 생각인가 봅니다. 유나 언니가 화내지 않길 빕니다.

우선 가게 안의 한 가운데에 서 있는 건 방해되니까 요리를 주문하기 위해 카운터로 향했습니다.

엘레로라 님과 젤레프 아저씨는 나열되어 있는 빵을 바라봤습니다.

"다 맛있을 것 같아."

"이쪽에는 케이크가 나열되어 있네요. 게다가 먹어본 적 없는 케이크도 있어요."

"이 케이크도 유나가 생각한 거니?"

"아뇨, 케이크를 담당하고 있는 네린 언니가 이것저것 생각해서 만들고 있어요."

네린 언니는 여러 과일을 사용해서 새로운 케이크를 만듭니다. 하지만 역시 가장 인기 있는 건 딸기 케이크입니다.

"이쪽에는 곰 빵까지 있네."

"유나 님은 그런 것까지 만드셨군요. 확실히 아이들이 좋아하겠네요. 과연 유나 님입니다. 손님들에게 기쁨을 주는 것을 만든다. 요리사로서 본받아야 할 부분이네요."

유나 언니는 먹는 것에 관해선 열심입니다.

케이크도 그렇지만, 생선을 먹고 싶다며 바다까지 가기도 했습니다. 그래서 안즈 언니를 이 마을로 데리고 와버렸습니다.

"하아, 곤란하네."

"그러게요, 곤란하군요."

두 사람은 곤란한 표정으로 빵과 케이크를 바라보고 있습니다.

두 사람의 말에 어머니까지 곤란한 표정을 지었습니다.

"뭐가 곤란하신 거죠?"

"당연히 다 맛있어 보이니까 뭘 먹으면 좋을지 고민되는 게 곤란하다는 거지."

"맞습니다, 이 마을에 머물 수 있는 날짜는 정해져 있어요. 먹을 수 있는 양도 정해져 있죠. 뭘 먹으면 좋을까요."

분명 먹을 수 있는 양은 한계가 있습니다.

저도 많이는 먹을 수 없습니다.

"그러고 보니 피자였던가, 그건 없니?"

"있어요."

저는 손을 올려 카운터에 서 있는 여자아이 뒤를 가리켰습니다.

그곳에는 여러 종류의 피자 그림이 있었습니다.

"어머나, 정말이네."

"종류가 많네요. 유나 씨에게 대접 받았던 피자는 저거일까요."

젤레프 아저씨가 한 장의 피자 그림을 바라봅니다.

"유나는 종류를 이렇게 많이 늘렸구나."

“저기, 이건 바다의 재료를 사용한 피자네요. 이건 감자, 이쪽은 각각의 고기를 사용한 피자—.”

피자 그림 밑에는 재료가 적혀 있습니다.

“피자도 이렇게 종류가 많으면 곤란하다고.”

“그런 사람을 위해 4등분 된 피자가 있어요.”

그림에 그려져 있는 피자에서 좋아하는 종류의 피자를 네 개 골라 4등분한 피자를 부탁할 수 있습니다.

한 번에 네 종류의 맛을 즐길 수 있어서 이득입니다.

“이것도 유나가 고안한 거야?”

“네, 「그러는 편이 여러 맛을 먹을 수 있어서 좋잖아」라고 했어요.”

그런 다음 두 사람은 고민하면서 빵과 피자, 케이크를 주문했습니다.

저도 어머니와 함께 주문을 했습니다. 어머니가 전원 몫의 금액을 지불하려고 했는데 엘레로라 님이 막았습니다. 「여긴 제가 내죠」라고 말하며 돈을 지불했습니다.

어머니는 순간 곤란한 표정을 하셨지만 엘레로라 님의 호의를 받아들이기로 했습니다.

그리고 저희는 주문한 요리를 테이블로 옮겼습니다.

“역시 다 맛있네.”

“그러게요. 공부가 되네요. 티루미나 님 그래서 말인데요, 죄송

하지만 조리실을 볼 수 있을까요?"

젤레프 아저씨가 어머니에게 물었습니다.

"조리실이요?"

"네, 어떤 식으로 만들고 있는지 조리실에서 일하는 사람들을 보고 싶거든요."

"그건—."

"아까 전에도 말씀드렸지만 유나 님에게 레시피는 배웠습니다. 오리지널 요리가 있다는 건 알고 있죠. 만약 똑같은 요리를 왕도의 가게에서 낼 일이 있다면 유나 님에게 허가를 받도록 하겠습니다."

젤레프 아저씨는 고개를 숙였습니다.

"……알겠습니다. 그러면 식사를 다 마친 후에 안내하도록 할게요."

"고맙습니다."

"그건 그렇고 아이들이 활기차게 일하고 있네요."

"그건 유나가 가게에서 일하는 모두를 생각해줘서 그래요. 6일 일하면 하루 휴일. 마감 시간이 되면 가게를 닫는다. 그리고 무엇보다도 유나의 이름이 널리 알려져 있으니까 이 가게에서 나쁜 짓을 하려는 자가 없다는 것도 큰 몫을 할 거예요."

가게에서 일하는 아이들을 괴롭힌다면 유나 언니가 나설 겁니다.

전에 손님에게 실수를 끼친 아이가 있었습니다. 그래서 손님은 아이에게 불만을 말하고 더 나아가 때리려고 했습니다. 하지만 식사하고 있던 모험가들이 그것을 보고 구해준 적이 있습니다.

이 가게는 유나 언니의 가게라는 게 널리 알려져서 모험가들은 난동을 피우지 않고, 심지어 유나 언니에 관해 알지 못하는 일반인이 난동을 피울 경우엔 모험가들이 지켜줍니다.

저희 아버지가 모험가 길드에서 일하고 있는 것도 크게 공헌하고 있다고 생각합니다.

길드 마스터도 유나 언니의 가게에서 절대로 난동을 피우지 말라고 했습니다.

덧붙여 말하자면 상업 길드의 길드 마스터인 밀레느 씨도 연관이 되어 있어서 상업 길드 관계자도 지켜주고 있습니다.

그리고 무엇보다 큰 것은 마을의 영주님인 클리프 님도 가끔 먹으러 오시거든요.

그런 이유도 있어서 이 가게의 안전은 지켜지고 있습니다.

그래서 아이들은 싫은 일을 당하지 않고 웃는 얼굴로 일을 할 수 있습니다.

"대단하네."

네, 정말로 대단합니다.

"그래도 그 옷차림으로는 상상도 되지 않는단 말이지."

유나 언니는 귀여운 곰입니다.

그런 다음 요리를 다 드신 엘레로라 님과 젤레프 아저씨를 조리실로 안내했습니다.

조리실에서는 모린 씨를 중심으로 모두가 일을 하고 있었습니다.

"모린 씨, 실례할게요."

"티루미나 씨, 저쪽의 사람들은 누구죠?"

갑자기 본 적 없는 사람들을 조리실로 데리고 와서 모린 씨가 놀랐습니다.

"저와 유나의 지인이에요."

"티루미나 씨에게 부탁을 해서 모두가 일하는 걸 보게 됐습니다. 민폐는 끼치지 않을게요."

"저는 요리사인 젤레프라고 합니다. 유나 님에게는 빵과 피자, 케이크 등의 기본적인 레시피를 배웠습니다. 레시피의 비밀에 관해서는 안심해주신다면 좋겠습니다. 오늘은 여러분이 일하는 곳을 보고 싶었습니다."

"유나와 티루미나 씨의 지인이라면 상관없지만 일을 방해하지는 말아주세요."

"그건 물론이죠."

모린 씨는 그 말만 하고 일로 돌아갔습니다.

엘레로라 님과 젤레프 아저씨는 조리실에서 일하는 모두를 바라봅니다.

모린 씨와 아이들은 품절될 것 같은 빵을 만들거나 주문이 들어온 피자를 굽거나, 감자튀김과 포테이토 칩 등을 만들고 있습니다.

유나 언니가 만든 환풍기라는 게 주방의 공기를 밖으로 보내고 있습니다.

이 환풍기를 통해 밖으로 맛있는 냄새가 옮겨져서 밖에 있는 손님들이 들어오게 되니 일석이조라고 했습니다.

게다가 더울 때는 얼음 마석과 바람 마석으로 만든 차가운 공기가 나오는 마법 도구도 있습니다. 이것을 이용하면 주방이 시원해집니다.

더운 주방 안에서 하는 일은 체력을 소모하기 때문에 좋지 않다고 했습니다. 유나 언니는 항상 모두를 생각해주는 상냥한 사람입니다.

엘레로라 님과 젤레프 아저씨는 모린 씨가 빵을 만드는 모습과 네린 언니가 케이크를 만드는 모습, 아이들이 돕는 모습을 보고 감탄했습니다.

그리고 내일은 고아원을 안내하기로 했습니다.

엘레로라 님과 젤레프 아저씨가 찾아오다, 3

크리모니아로 찾아온 엘레로라 님과 젤레프 아저씨를 『곰 씨 쉼터』로 안내했습니다. 가게 안을 휘젓고 다니셔서 여러 가지로 힘들었습니다.

특히 귀족이신 엘레로라 님에게 어떻게 대응하면 좋을지 어머니가 곤혹스러워 하셨습니다.

"피나, 고마워. 덕분에 살았어."

저녁 준비를 하고 있는 어머니가 고맙다고 말해주셨습니다.

어머니에게 힘을 보탤 수 있어서 조금은 기쁩니다.

"그래도 피나가 엘레로라 님이랑 젤레프 씨에게 아무렇지 않게 이야기하는 걸 봤을 땐 얼마나 놀랐는지 몰라."

"몇 번인가 이야기를 나눈 적이 있거든요."

엘레로라 님과 젤레프 아저씨와는 성과 미사 님의 생일 파티 때 이야기를 나눴습니다. 엘레로라 님과는 며칠 동안 함께 지냈던 적도 있습니다. 그때 이 옷 저 옷을 입히셨던 기억이 스멀스멀 떠오릅니다. 몸이 부들부들 떨리네요.

"나도 만나고 싶었는데."

함께 저녁 식사 준비를 거들고 있던 슈리가 볼을 작게 부풀렸습니다. 저희는 슈리를 고아원에 두고 갔었기 때문에 슈리는 엘레로라 님과 젤레프 아저씨를 만나지 못했습니다.

“내일은 고아원에 가기로 했으니까 만날 수 있을 거야.”

“슈리, 그 분들은 대단하신 분들이니까 이상한 짓을 하면 안 된다.”

“이상한 짓은 안 해~.”

슈리는 엘레로라 님의 정체에 관해 바로 알아차렸습니다. 전에 제가 엘레로라 님에 관한 이야기를 한 것을 기억하고 있었던 모양입니다.

“그리고 다른 사람들에게 노아 님의 어머니라는 걸 말하면 안 돼.”

만약 엘레로라 님과 젤레프 아저씨에 관한 것이 알려진다면 일이 커질 겁니다.

다음 날, 고아원으로 향하는 길에서 엘레로라 님과 젤레프 아저씨를 기다렸습니다.

사실은 노아 님의 집까지 두 분을 모시러 가려고 했으나 거절당했습니다. 그래서 이곳에서 만나기로 했습니다.

어머니, 슈리와 함께 기다리고 있는데 두 사람이 걸어오는 모습이 보였습니다.

“늦어져서 미안해요.”

“제가 걷는 게 느려서요.”

두 분이 사과를 했습니다.

“아뇨, 당치도 않으십니다.”

어머니가 긴장한 상태로 대답했습니다.

"티루미나 씨, 말씀 편하게 하세요."

"네, 괘, 괜찮아요."

괜찮아 보이지 않습니다.

그런 어머니를 보며 엘레로라 님은 미소를 짓습니다.

"그쪽 아이는 누구니?"

엘레로라 님이 제 뒤에 있는 슈리를 바라봤습니다. 슈리는 제 옷을 잡고 뒤에 숨어 있었습니다.

"여동생인 슈리예요."

"……슈리라고 해요."

제가 소개하자 슈리는 작은 목소리로 인사를 합니다.

"후훗, 피나랑 닮은 귀여운 꼬마아이네. 나는 엘레로라라고 해. 그러니까…… 유나와 피나랑 아는 사이지."

"알고 있어요, 노아 언니의 엄마죠."

그런 슈리의 말을 들은 엘레로라 님은 놀랐습니다.

"그게, 제가 엘레로라 님에 관해 집에서 이야기한 적이 있어서요."

"그랬구나. 그런데 피나는 나에 관해서 어떻게 말을 했을까?"

엘레로라 님이 저를 보며 웃었습니다.

으으, 저는 절대로 이상한 말은 하지 않았습니다.

"상냥하신 분이라고 했었어요."

"정말이니? 기쁜걸."

어머니께 걱정 끼치고 싶지 않아서 그렇게 말했던 기억이 있습니다. 슈리가 이상한 말을 꺼내지 않아서 다행입니다.

"성에도 데리고 갔다고 했어요. 성에 가봐서 좋겠다."

"후훗, 그러면 다음에 슈리가 왕도로 오면 안내해줄게."

"정말요?!"

빈말, 이라는 말이 있습니다.

엘레로라 님도 슈리가 왕도까지 올 거라고는 생각하지 않으시니까 그런 말을 하신 건지도 모릅니다.

그렇지만 슈리는 엘레로라 님의 말이 정말이라고 생각하고 있습니다.

"그럼, 약속할게."

"그렇네요. 그땐 제가 요리를 대접해드리죠."

젤레프 아저씨까지 그런 말씀을 꺼냈습니다.

두 분의 말에 어머니는 곤란한 얼굴을 하고 계십니다.

"슈리, 너무 떼쓰면 안 돼."

제가 주의를 주자 슈리는 입을 작게 삐죽거리면서도 고개를 끄덕였습니다.

납득은 하고 있지만 마음에 들지 않는다는 제스처입니다. 아마도 언니만 가서 치사하다고 생각하고 있을지도 모릅니다.

저도 데리고 가주고 싶지만 유나 언니의 이동문에 관한 걸 말할 수는 없어서, 왕도에 데리고 가주겠다고 쉽게 말할 수는 없습니다.

우리는 고아원을 향해 걷기 시작했습니다.

슈리와 엘레로라 님이 이야기를 나누고 있어서 저는 젤레프 아저씨와 이야기를 나누며 걸었습니다. 어머니는 긴장한 상태로 저희의 이야기를 듣고 계십니다. 어머니 때문에라도 제가 힘을 내야 합니다.

이야기를 하면서 걸으니 벽이 보이기 시작했습니다.

"저기가 새를 키우고 있는 곳이구나. 그 옆에는 건물이 있네. 저 건물이 고아원인가?"

고아원은 유나 언니가 새로 지어서 세련된 모습으로 바뀌었습니다.

저희는 엘레로라 님과 젤레프 아저씨를 데리고 꼬끼오가 있는 벽 내부로 들어갔습니다. 벽 내부에는 꼬끼오의 작은 집이 있습니다.

"이곳에서 꼬끼오를 돌보고 꼬끼오 알을 모으고 있구나."

"꼬끼오가 꽤 많네요."

엘레로라 님과 젤레프 아저씨는 주위를 둘러봤습니다.

꼬끼오는 집에서 나와 밖을 활기차게 돌아다니고 있습니다.

꼬끼오는 높게 날 수 없는지 유나 언니가 만든 벽을 넘어가지는 못합니다. 게다가 점잖아서 도망치려고도 하지 않습니다. 다만, 작은 집으로 들여보내려고 하면 무조건 몇 마리는 도망치려고 발버둥쳐서 진땀을 뺍니다. 하지만 지금은 몰아넣은 뒤 잡아서 꼬끼오 집에 들여놓습니다.

그러던 중, 아이들이 꼬끼오 집을 출입하고 있는 모습이 보였습니다.

"저건 뭘 하고 있는 거죠?"

"꼬끼오 집의 청소와 회수한 꼬끼오 알을 옆에 있는 창고로 옮기고 있는 거예요."

어머니가 설명했습니다.

아이들은 열심히 움직이며 일하고 있습니다.

"아이들이 웃는 얼굴로 지내는 건 유나의 덕분이겠지. 클리프가 칠칠치 못했던 탓에— 아니지, 나에게도 알아차리지 못했던 책임이 있어."

아이들을 보는 엘레로라 님이 조용한 목소리로 말했습니다.

유나 언니가 오기 전의 고아원은 매우 심각했습니다. 당시의 일은 저도 기억하고 있습니다. 아직 건물은 낡고 돈이 없어서 먹거리에 곤란했습니다.

들어보니 클리프 님의 부하인 사람이 고아원의 돈을 빼돌렸다고 합니다. 그래서 클리프 님은 사죄의 마음을 담아 새로운 고아원을 지어주시기로 했습니다. 실제로 지은 건 유나 언니였지만 건

물 내부의 침대나 서랍장 등의 필요한 물건들은 클리프 님이 구입하셨다고 들었습니다.

엘레로라 님은 그 이상의 이야기는 꺼내지 않고 어머니께 말을 걸었습니다.

"창고 안을 봐도 될까요?"

저희는 꼬끼오 집의 청소와 꼬끼오 알을 수집하고 있는 아이들을 본 뒤 꼬끼오 알을 관리하고 있는 창고로 이동했습니다.

안에서는 어머니 대신 리즈 언니가 일을 하고 있었습니다.

리즈 언니는 아이들을 돌보고 있는 여성분입니다. 모두의 언니, 누나이자 무척 아이들을 잘 보살펴 주는 상냥한 분입니다. 하지만 화를 낼 때는 무섭습니다. 그래서 아이들은 혼나지 않도록 조심합니다.

"리즈 씨, 미안해. 다 맡겨버려서."

어머니에게 다른 일이 있을 때는 리즈 언니가 어머니를 대신해서 일을 해주십니다.

"괜찮아요. 손님이 오신 거잖아요. 혹시 그쪽 분들이신가요?"

리즈 언니가 엘레로라 님과 젤레프 아저씨 쪽을 바라봅니다.

"두 사람은 나와 유나의 지인이야."

"엘레로라라고 해요."

"저는 젤레프라고 합니다."

두 사람은 이름을 말했습니다.

"저는 리즈예요. 이런 지저분한 곳에서 죄송해요."

"오늘은 꼬끼오와 알을 보러 왔어요. 방해는 하지 않을 테니까 잠깐만 견학을 해도 될까요?"

젤레프 아저씨가 리즈 언니에게 정중하게 부탁드렸습니다.

"티루미나 씨와 유나의 지인이시라면 얼마든지 보세요."

리즈 언니는 어머니 쪽을 바라봅니다.

"사실은 유나도 있었으면 좋았을 텐데."

어머니는 곤란한 표정을 내보였습니다.

"분명, 다른 곳에 다녀오겠다고 했었죠."

유나 언니가 멀리 외출할 때는 꼭 한 마디를 전하고 떠납니다. 저에게 말하거나 어머니에게 말합니다.

"그러니까 티루미나 씨가 허락하신 거라면 상관없어요."

"고맙습니다."

두 분은 다시 창고 안을 둘러봅니다.

창고 안에는 작업하는 테이블과 물을 담아둔 곳이 있습니다. 벽의 끝에는 꼬끼오 알을 담는 상자가 있습니다. 어머니가 이곳에서 일을 하십니다.

"저기 나뉘어져 있는 꼬끼오 알에는 이유가 있을까요."

꼬끼오 알이 든 상자가 구분되어 있었습니다.

"저쪽이 상업 길드에 납품하는 꼬끼오 알이고 이쪽이 가게에 가지고 갈 꼬끼오 알이에요. 약간 금이 간 꼬끼오 알은 저희가 먹고요."

리즈 언니 근처에는 아이들이 가지고 온 꼬끼오 알이 바구니에 들어 있었습니다. 각각의 꼬끼오 알 상태를 확인하여 상태가 좋은 꼬끼오 알을 상업 길드에, 나머지는 가게로 가지고 가도록 되어 있습니다. 가게에서 사용하는 것은 상하지만 않았다면 문제될 건 없습니다.

하지만 조금 금이 간 꼬끼오 알들은 고아원의 점심 식사 등에 쓰입니다.

"티루미나 님, 꼬끼오 알을 나눠주시면 고맙겠습니다만 부탁드려도 될까요? 물론 돈은 지불하겠습니다."

"돈은 괜찮아요. 여기 가지고 가세요."

어머니는 갑작스런 질문에 곤란해져 그렇게 대답했습니다.

"아뇨, 그럴 순 없죠. 아이들이 열심히 새를 돌봐서 낳은 꼬끼오 알인걸요. 그걸 공짜로 받을 수는 없습니다."

"맞아, 나도 사갈까?"

엘레로라 님의 말에 어머니는 곤란한 표정을 지었습니다. 그러다가 어머니는 무언가 떠오른 듯했습니다.

"저와 친구라고 하셨죠. 그런 거라면 그냥 드려도—."

그 말에 젤레프 아저씨와 엘레로라 님이 놀란 표정을 짓습니다. 그리고 두 사람은 웃기 시작했습니다.

"그렇네요. 그렇지만 친구니까 더욱 금전 거래를 확실히 해야죠. 아이들끼리도 앞으로 자주 볼 텐데."

그렇게 받아치자 어머니가 곤란한 표정이 되셨습니다.

결국 엘레로라 님과 젤레프 아저씨는 상업 길드에 납품하고 있는 가격으로 꼬끼오 알을 구입하게 되었습니다.

"그렇게 싸도 되나요?"

꼬끼오 알의 값이 싼 것에 젤레프 아저씨는 놀랐습니다.

"유나는 많은 이익을 얻는 것에는 관심이 없는 것 같아요. 꼬끼오 알을 낭비하는 것보다 가격을 싸게 해서 폭넓게 먹을 수 있도록 하자고 했어요."

"유나 님 다우시네요. 한 사람으로서 그릇의 크기가 크신 분이에요."

"몸은 작지만 말이죠."

엘레로라 님이 그렇게 말하자 모두가 웃었습니다.

만약 이곳에 유나 언니가 있었다면 분명 화를 냈을 겁니다. 이 부분은 절대로 유나 언니에게 말할 수 없습니다.

고아원의 새장을 뒤로 한 저희는 안즈 언니네 가게인 『곰 씨 식당』으로 향했습니다.

"이곳에도 곰이 있네."

"생선을 안고 있네요."

"분명히 이곳에선 생선 요리를 만들고 있을 거야."

『곰 씨 식당』은 『곰 씨 쉼터』와 가까운 곳에 위치해 있습니다. 어제는 『곰 씨 쉼터』에서 식사를 한 후에 헤어졌기 때문에 안내는 하지 않았습니다.

저희는 가게 안으로 들어갔습니다.

"어서 오세요. 아니, 티루미나 씨와 피나, 슈리잖아. 오늘은 어쩐 일이세요?"

곰 씨 식당에서 일하고 있는 세노 씨가 다가왔습니다. 세노 씨는 안즈 언니와 같이 미릴러 마을에서 온 여성분입니다. 항상 활기차고 밝은 사람이죠. 가게에는 똑같이 미릴러 마을에서 온 포르네 씨가 있습니다.

"오늘은 지인들과 함께 여기서 식사를 하기로 했어."

어머니의 말에 엘레로라 님과 젤레프 아저씨가 가볍게 고개를 숙입니다.

"그러면 자리에 앉으세요. 주문은 뭐로 하시겠어요?"

"음, 그러면 추천 메뉴를 부탁할게요."

"저는 다른 마을에서는 먹을 수 없는 걸로 부탁할게요."

"나는 삼색 주먹밥과 생선구이로 줘."

"나도~."

그렇게 슈리가 어머니를 흉내냈지만 어머니와 나눠 먹게 됐습니다.

"저는 표고버섯을 섞어 지은 밥이랑 생선 튀김이요."

"알겠어요. 안즈~, 삼색 주먹밥 세트랑 표고버섯 밥이랑 생선 튀김 세트. 그리고 주방장 마음대로 세트 두 개."

"세노 씨, 주방장 마음대로 세트는 없잖아요."

안즈 언니가 투덜대며 나왔습니다.

"주문은 확실하게 받아줘야죠."

"미안해요. 뭐가 맛있는지 몰라서 추천 메뉴로 해달라고 부탁했어요."

부엌에서 나온 안즈 언니에게 엘레로라 님이 사과를 했습니다.

"앗, 아뇨."

갑자기 사과의 말을 들은 안즈 언니가 당황했습니다.

"이 분은 엘레로라 니……씨랑 젤레프 씨라고 해서, 내 지인인데 이 가게에서만 먹을 수 있는 요리를 먹고 싶다고 했어. 부탁해도 될까?"

어머니, 지금 「엘레로라 님」이라고 말할 뻔했어요. 위험해요.

"그런 거라면 이쪽에서 알아서 만들게요."

안즈 언니는 조리장으로 돌아갔습니다.

잠시의 시간이 지나고 테이블에 음식들이 나열됐습니다.

알록달록한 주먹밥이 놓여 있습니다.

원래라면 세 가지 주먹밥이 나오지만 오늘은 다섯 명이라는 이유로 15개가 있었습니다.

"쌀이네요."

"네, 안에는 재료가 들어가 있어서 여러 맛을 즐길 수 있죠."

삼색 주먹밥 안의 내용물은 매일 달라집니다.

간이 된 생선을 잘게 다진 것과 바다에서 얻을 수 있는 해초, 빨갛고 신 매실장아찌라는 것. 닭고기, 돼지고기와 다른 고기를 넣기도 합니다. 그리고 구운 주먹법이라는 게 나올 때도 있습니다. 그것도 맛있어서 좋아합니다.

그리고 테이블 위에는 생선 요리부터 오징어와 문어까지 놓였습니다. 조개를 사용한 요리도 테이블 위에 올라왔습니다.

"고기 요리도 있지만 진귀한 거라고 하셔서 미릴러 마을에서 잡은 해산물로 만들어봤어요."

"다 맛있어 보이네."

"그러게요."

"그러면 먹어볼까요."

모두들 먹기 시작합니다.

"다른 곳에서도 생선 요리를 먹어본 적이 있지만 이 가게의 요리는 다 맛있네."

"정말 맛있네요. 만든 건 조금 전 아가씨인가요?"

"유나가 미릴러 마을에서 발견한 요리사예요."

"분명, 그 빵을 만들고 있던 여성분도 유나가 왕도에서 데리고 왔다고 했지."

모린 씨일 겁니다. 왕도에서 먹었던 모린 씨의 빵은 맛있었습니다. 물론, 지금의 빵도 무척 맛있습니다.

"유나 님은 사람을 보는 눈이 있네요."

"그래도 왕도에서 그 제빵사가 사라진 건 뼈아프군."

"두 사람 모두 왕도로 데리고 가고 싶네요."

"안 돼요!"

제가 소리를 질렀습니다.

"피나?"

"두 사람 모두 가게에는 필요한 분들이에요. 그렇게 하시면 모두가 곤란해진다고요."

그리고 유나 언니가 곤란해질 거예요.

"죄송합니다. 피나 님, 데리고 가고 싶은 마음은 사실이지만 그런 짓을 하지는 않을 거예요. 만약 실행한다면 유나 님에게 미움을 사버릴 겁니다."

"맞아, 유나에게 미움을 받는다면 노아와 시아에게도 미움을 받을 거야."

"그래서 유나 님이 성으로 오지 않으시면 제가 국왕 폐하와 플로라 공주님에게 원망을 받겠죠."

그렇게 말하면서 엘레로라 님과 젤레프 아저씨가 웃었지만 어머니와 저는 웃을 수 없었습니다.

그야, 국왕 폐하나 공주님이라는 이야기를 들어버리면 이야기의 규모가 너무 커져버리기 때문입니다.

그 후, 생선구이와 오징어와 문어 볶음을 먹었습니다. 이외에도 여러 요리들이 있었지만 튀김이 맛있었습니다. 소금을 살짝 찍어도 좋고 간장을 뿌려도 맛있습니다.

어제 먹었던 모린 씨의 빵도 맛있었지만 안즈 언니가 만든 요리도 맛있습니다.

식사를 마친 우리는 『곰 씨 식당』에서 나왔습니다.

"오늘은 고마웠어요."

내일은 돌아가신다고 했습니다. 그래서 엘레로라 님은 지금부터 노아 님과 함께 보내겠다고 하셨습니다.

젤레프 아저씨는 다른 가게의 음식을 먹으러 간다고 하셨습니다.

더 드실 수 있으세요? 라고 생각하며 놀랐지만 커다란 배를 보면 먹을 수 있다는 것도 납득이 됩니다.

다음 날, 『곰 씨 쉼터』로 가니 엘레로라 님과 젤레프 아저씨가 대량으로 빵을 구입하고 있었습니다.

■작가 후기

오랜만입니다. 쿠마나노입니다. 『곰 곰 곰 베어』 10권을 구매해 주셔서 감사합니다.

이번 권은 무사히 루이밍의 팔찌를 되찾게 된 유나 일행이 엘프 마을에 도착을 하죠. 엘프 마을에서는 엘프들이 소중히 여기는 나무, 신성수가 기생수에게 잠식되어 있는 최악의 상황이 펼쳐집니다. 기생수에게 잠식된 신성수가 마물들을 불러들여 마을 주변에 마물들이 모입니다. 유나는 그런 엘프의 마을과 신성수를 구하기 위해 싸우게 됩니다.

엘프 마을에서 돌아온 유나는 피나와 그림책을 그리는 등, 일상으로 돌아왔습니다. 그림책 속 여자아이도 곰 덕분에 조금씩 행복해져 갑니다. 그림책의 여자아이도 피나처럼 행복해지면 좋겠네요.

번외편에서는 엘레로라 씨, 젤레프 씨 두 명이 크리모니아로 찾아옵니다. 대응하기 곤란해하는 티루미나 씨에 반해 확실하게 대응하는 피나. 피나의 성장을 엿볼 수 있는 내용입니다. 귀족을 상대로 긴장하고 있던 피나가 그리워지네요.

올해는 코미컬라이즈도 시작하여 만화도 발매되었습니다.

유나에게 얻어터진 데보라네, 데보라네를 따르는 란즈, 상식인인 루리나 씨, 근육맨인 길. 길드 마스터와 접수대 아가씨인 헬렌 씨. 캐릭터들이 그림으로 표현되어 표정이 풍부해져서, 문장에서는 표현하지 못했던 캐릭터들의 모습을 보는 건 즐거운 일이네요. 세루게이 선생님이 그리신 유나와 피나도 귀여우니까 이쪽도 봐주신다면 감사하겠습니다.

만화에서의 번외편으로는 유나가 이세계로 오기 바로 전의 이야기를 쓰게 되었습니다. 그 내용도 즐겨주신다면 감사하겠습니다.

코미컬라이즈 1권은 서적 10권과 동시 발매가 되었으니 잘 부탁드립니다.

마지막으로 책을 출판하는데 최선을 다 해주신 모든 분들께 감사의 인사를.

이번에도 029 선생님께서 멋진 일러스트를 그려주셨습니다. 감사드립니다.

편집자님께는 오탈자로 항상 폐를 끼치고 있습니다. 그리고 『곰 곰 곰 베어』 10권 출판과 관련되신 많은 분들, 감사드립니다.

여기까지 책을 읽어주신 독자님께도 감사의 마음을 보내드립니다.

그러면 11권에서 만나 뵐 수 있길 기대하고 있겠습니다.

2018년 7월 좋은 날 쿠마나노

■역자 후기

안녕하세요! 여러분들은 이번 편 어떻게 보셨나요? 이번엔 엘프 마을에서의 에피소드가 주요한 내용이었던 것 같습니다.

저도 앞 권들에서 살짝 언급이 되었던 엘프 마을이라서 많이 궁금했던 부분인데 이번 권에서 엘프 마을에 관해 자세히 알게 되어 재밌게 읽었던 것 같습니다.

다음 편에서는 또 어떤 에피소드가 기다릴지 기대됩니다. 여러분들도 기대되시나요?

저도 다음 편에서 다시 만나 뵐 수 있길 기대하고 있겠습니다!

편집자님께 항상 신세를 져서 감사하다는 마음 전해드리며 다음 편에서 또 뵙겠습니다.

2019년 좋은 날

역자 김보라 올림

곰 곰 곰 베어 10

1판 1쇄 발행 2020년 5월 10일
1판 2쇄 발행 2020년 6월 15일

지은이_ Kumanano
일러스트_ 029
옮긴이_ 김보라

발행인_ 신현호
편집부장_ 윤영천
편집진행_ 김기준 · 김승신 · 원현선 · 권세라 · 유재슬
편집디자인_ 양우연
국제업무_ 정아라 · 전은지
관리 · 영업_ 김민원 · 조은걸 · 조인희

펴낸곳_ (주)디앤씨미디어
등록_ 2002년 4월 25일 제20-260호
주소_ 서울시 구로구 디지털로 26길 111 JnK디지털타워 503호
전화_ 02-333-2513(대표)
팩시밀리_ 02-333-2514
이메일_ lnovelpiya@naver.com
L노벨 공식 카페_ http://cafe.naver.com/lnovel11

ISBN 979-11-278-5539-0 04830
ISBN 979-11-278-3067-0 (세트)

값 9,000원